大人もぞっとする

原典『日本昔ばなし』

由良弥生

三笠書房

まえがき——昔ばなしに隠された「意外な真実」を知っていますか?

「むかしむかし、あるところに」で始まる昔ばなしでは、主人公が旅をしたり、動物たちが生き生きと言葉を交わしたりして、子どもたちの空想の世界を広げてくれる楽しい物語が展開します。そして、おおむね「めでたし、めでたし」で締めくくられます。

しかし、昔ばなしは、本当にそんなのどかで心温まるものばかりだったのでしょうか。子どもの頃に聞いた昔ばなしをよく思い出してみてください。毒が消されて語られていても、子どもごころに「おや?」と、引っかかりを覚えるものがいくつもあったのではないでしょうか。

たとえば、日本の昔ばなしにしばしば登場する子殺しや子捨て、それに継子《ままこ》いじめや山姥《やまんば》の子ども食いの話。その他にも、さらりと語られているので見過ごしがちですが、人間の本性の暗い面を炙《あぶ》り出すような話がたくさんあります。

大人になった今、改めて原典に当たってみると、懐かしさより恐ろしさを覚え、残忍さや狂気といった残酷なイメージがあふれているのに驚かされます。

でも、昔から語り伝えられる物語にこのような要素があるのは日本に限ったことではありません。『グリム童話』の初版本にも、その特徴は色濃く出ています。グリム兄弟が採取した民間伝承が実際に語られていたのは、ドイツがキリスト教化していく時代にあたります。その時期、キリスト教の枠組みから外れた、残虐で不道徳な話は、社会の表舞台から追い出されていきました。けれども、完全に消えることはなく、民間伝承として人の口から口へと伝わり、人の心に根強く残ったといわれます。

日本の昔ばなしでも、これとほぼ同じことが起きたのではないでしょうか。表立って語るのがはばかられる話も、夜、囲炉裏《いろり》を囲んで話す分には差し支えなかったからです。

なぜ、私たちはわざわざこのような恐ろしい話を語り継いできたのでしょうか。それは、私たちの心の奥底に恐怖や残酷性、不合理性があるからだといわれます。そういった心の闇の部分は、理性の力でどんなに蓋《ふた》をしようとしても、隙間《すきま》から漏《も》れ出し、生き延びてしまうものです。

闇のイメージは、人の深層心理と関係してくるため、世界中に同じような話が存在するといわれます。日本の昔ばなしも例に漏れず、人の深層心理として世界に共通する面があるいっぽう、日本の習俗に根づいた独自のものもあります。それらを読み解いていけば、私たちが持つ固有の感受性をより深く理解できるのではないでしょうか。

さて、昔ばなしの醍醐味《だいごみ》は語りにあります。恐ろしい場面で語り手が声を荒らげると、聞き手である子どもは息を飲む。主人公が危機を脱すると、聞き手はほっと胸を撫《な》で下ろす。語り手と聞き手、その両者の呼吸で昔ばなしは語り継がれてきました。

拙著『大人もぞっとする初版「グリム童話」』で、私たちは物語世界を再現するため、活字による大胆な再話、すなわち「語り」を試みました。今回は、それを日本の昔ばなしに広げてみました。大人にとっても読みごたえ十分な深い内容が込められている昔ばなしを集め、それを、「聞き手」である読者の方たちにどうしたら上手に伝えられるか、工夫と苦心をしました。ぜひ味わってみてください。

また、本書は前出の拙著同様、それぞれの話のあとに物語を読み解くヒントになる解説をつけました。先人から受け継いだ知恵が詰まった昔ばなしを風化させずに繰り返し語り、味わい、その豊かな泉から何度でも水を汲《く》み取るお手伝いができたら幸いです。

由良弥生

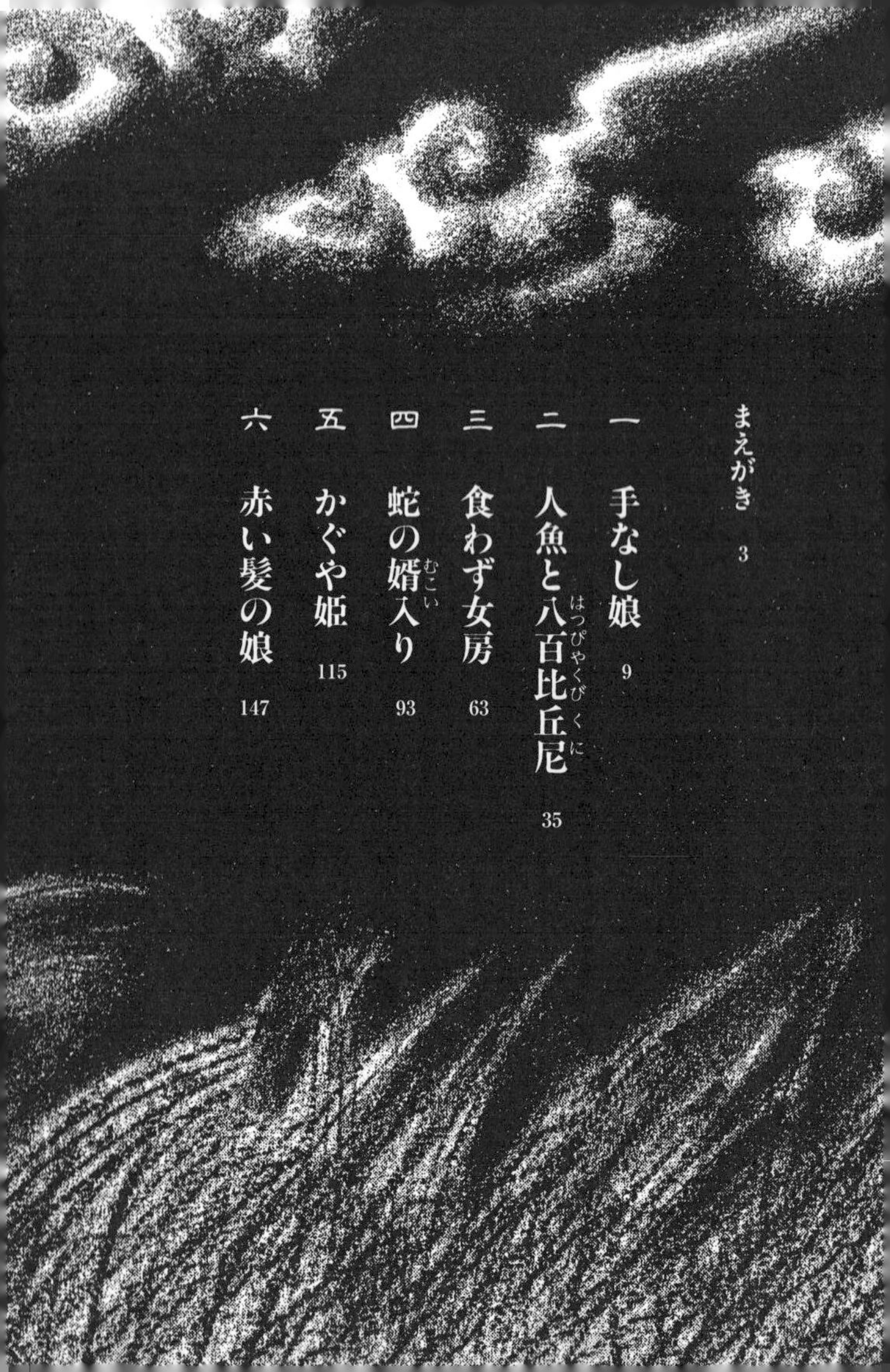

illustration　高橋常政

一 手なし娘

「ふっ」と、妻があんどんの灯《ひ》を吹き消した。瞬時に濃い闇《やみ》が立ちはだかり、部屋に充《み》ちた。まるで、外界の闇に直結するがごとく奥深く広がる。闇の中で、妻は、寝巻きの胸元をつくろいながら、つと自分の寝床に滑り込み、横になった。

部屋の空気が微妙に揺れる。夫は妻の裾風《すそかぜ》をやさしく顔に受けた。蝋燭《ろうそく》の燃え残りの匂《にお》いがつんと鼻を刺す。

夫は、妻がふたことみこと話しかけてくるのを寝床で待った——。

二人の娘が年頃を迎えたここ一年、夫婦にとって変わらぬ夜の、眠りに就《つ》くまえのひとときだった。

しかし、この夜、闇になじんできても、妻は口を開かなかった。気になって夫がふと目を遣《や》ると、妻は背中を見せて身じろぎもしない。

（……？）

妻の機嫌を損《そこ》ねたのだろうか。妻を慕《した》いきり、身も心も妻になじんでいる夫は、妙に不安になった。

（はて、昼間はあれほどはしゃいでいたというのに……）

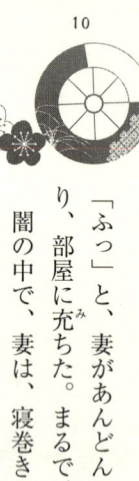

昼下がりのことだった。突然、降って湧《わ》いたように娘の縁談が舞い込んできた。縁談の申し入れにやってきた使者は、この話がどんなに真剣で、どんなに相手の思いが込められているかをとうとうと語った。

「そうです。若旦那はご自分でこちらまでお足を運んで、ご自分の目でお確かめになられたのです。そうして、上の娘さんをということになったのです」

相手というのは美濃《みの》の国の「さんぜんさ」という長者の跡取り息子だった。資産家の息子には珍しく、商いだけでなく何事にも積極的で、その上、性格もいいという。両親に嫁取りをすすめられ、見合いを繰り返したのだが、決して妥協をしなかった。自分に見合った人は、やはり自分で見つけるしかないと考え、嫁捜しの旅に出た。しかし、なかなかよい人に巡り合えず、諦《あきら》めかけていた頃、

「大坂の鴻池《こうのいけ》に素晴らしく評判のよい姉妹がいる。二人とも甲乙つけがたい器量よしだ」

という話を耳にした。飛び上がって喜び、若い衆を一人連れて、一目散に鴻池に駆けつけた。そして、呉服屋を装い、二日三日と、姉妹の立ち居振る舞いを飽きもせず

に眺め続けた。その結果、嫁にするのは姉娘のほうと心に決め、美濃に戻って、正式に縁談の使者を出したのだという。

（うふふ……それにしても、若い衆に反物《たんもの》かつがせ、呉服屋の主《あるじ》のような顔をして娘を眺めていたとは……）

気づかなんだわ、と夫は寝床で明るい苦笑をもらした。使者は最後にこうも言った。

「そちら様さえよろしければ、秋に婚礼をと先方は考えております」

否も応もなかった。

妻は、こんなによい縁談が持ち上がるなど思いもよらなかったのだろう、二の句も継げず驚いた。

秋に嫁入りと決まったが、考えて見ればあと二月《ふたつき》もない。

（しかも、美濃は遠い国だ。めったに娘に会えなくなる……そうか、妻はそれを思って寂しくてやりきれないのに違いない……）

夫は、今夜の妻の胸の内をすくいとれるような気がした。

妻は、実の娘ではない上の子を、幼い頃から手塩にかけるように育ててきた。妻の連れ子の娘と分け隔てなく平等に、それはもう見事に慈《いつく》しみ、育《はぐく》んできた。

夫はそんな妻への愛《いと》しさと、今夜の妻の気持ちが読みとれた満足感で、心の平安に満たされた。いつしか、安らかな寝息を立てていた。

❖継母《ままはは》のおぞましい企《たくら》み

妻の長い夜が始まった。どのくらいの時間が経《た》っただろう。彼女は、夫に背中をみせたまま、幾度めかのため息をついた。そして、なじんだ闇の一点を、瞳を凝《こ》らし、見据《す》えていた。

（あの子が、かわいそうや……。美濃の若旦那の嫁になるのは、お腹を痛めたあたしの子しかおらん……）

彼女は小さな娘を連れて夫に嫁いできた頃を思い出す。

夫は呉服の小商いを営んでおり、自分と同じように娘がいた。幼い二人の娘は互いに遊び友だちができたといって喜び、父親にも母親にも親しんだ。

暮らし向きはかつかつというほどではなかったが、下の娘にはいつも姉のお下がりでがまんさせた。そこには夫への遠慮もあったが、何かにつけて上の娘を優先した。

夫はそんな気苦労に気づいていない様子だった。何かというと自分の娘の振る舞いを誉《ほ》めていたような気がする……。
　それに、近頃では、まるで娘と共通の秘密でも楽しみ合うように、目と目を合わせて笑ったりする。
（あの人は、あたしたちを大事にはしてくれたけれど……何もわかっちゃいない
……）
　たまさか他所《よそ》で耳にする継子《ままこ》への酷《ひど》い仕打ちに、自分たち一家の幸せを噛《か》みしめた
こともあったが、今はもう、遠い遠い出来事のように感じられた。
（上の娘をとりわけ気に入っただと……どうしてあたしの娘じゃいけないんだ……）
　妹は、姉と同じに鴻池でも評判の器量よしに育った。年頃でもあり、匂いたつよう
な若々しさにあふれている。照れて恥じらう様子はいっそう人々の歓心を誘っている。
　彼女にとって、自分の生んだ娘こそ掌中《しょうちゅう》の珠《たま》だった。
（美濃に嫁ぐにふさわしいのは、あたしの生んだ娘だ！）
　彼女は恐ろしい力に打ちひしがれた。思い切ったようにもう一度寝返りを打つと、
夫に背を向けた。瞼《まぶた》を閉じたその顔には底知れない表情が浮かんでいた。
　明け烏《がらす》が啼《な》いた。しらじらと夜が明けていた。

「ねえ、あんた……」

呉服の整理をしている妻が手を休めて言った。

夫は察しはついていたが、夕べといい今朝といい、口数の減った妻を気にかけていた。いつも明るい妻だったから。この十数年を振り返ってみても、妻と娘たちの笑顔しか見えてこない。夫はつとめて明るく応えた。

「なんだい？　お前が口をきいてくれるとほっとする」

妻は、そんな夫の心の動きには頓着《とんじゃく》せず、こう言った。

「あの娘《こ》のお嫁入りのことなんだけどね……」

「ああ、よくわかっている。うちにできることはなんでも……と言いたいところだが、先方とは月とスッポン。せめて嫁入り前の体に傷がつかぬよう心を配っていることだ」

それでいい、見栄をはるには相手が格上過ぎると笑った。

妻は笑わない。小さく頷《うなず》くと、端切《はぎ》れを手にしたまま言った。

「あの娘はもう美濃に行ってしまうんだから、遊び友だちを呼んで、別れぶるまいをしてやろうと思うんだけど……」

「そいつはいい案だ。美濃といやぁ、ちょっとやそっとで会いにいける道のりじゃない。パアッと別れぶるまいをしてやろう」

夫は妻の娘への気づかいがうれしかった。


別れぶるまいの日、夫は商用で鴻池を空《あ》けていた。その翌日のことだった。夫が家を出ると、妻があとを追って出てきた。

「ねえ、あんた。こんなことは言いづらいんだけど、あの子はとても嫁には出せないよ。きのう、とんでもないことをしたんだ……」

まさか、嫁入り前にふしだらなことを――夫は、妻の突然の言いように、おぞましい思いが頭をかすめた。

「何をしたというんだ?」

「きのうの別れぶるまいのときのことなんだけれど……あの子はとてもうれしがって……友だちとはしゃいで遊んで……」

「どうしたんだ?　えっ?」

「あんまりうれしがって、……それから」

「それから、どうした？」

それから、娘は腰巻きもつけないで素っ裸で踊りだしたと妻は言った。

「なんだって……！」

父親は俄《にわか》には信じられなかった。気が遠くなりそうだった。あの気だての優しい、誰からも好かれる器量よしの娘が、素っ裸で踊っていたなんて……。嫁入りのうれしさに、気でもふれたとしか思えない。

（なんてこった……）

父親はこの十数年の幸せが一挙に崩れ去っていく思いを味わっていた。そんな娘を嫁に出せばいっそう噂が広まり、鴻池の誰彼の好奇の目が注がれるに違いない。夫婦の間にも溝《みぞ》ができるかもしれない……。

夫は、妻の心が自分から離れてしまうことなど、考えるのも恐ろしかった。

「そんな娘は嫁にはやれんぞ」

夫は弱々しい声音で呟《つぶや》くように言った。

すると、妻はすかさず返した。

「それなら、今すぐに山へ連れていって殺してちょうだい」

妻の判断はこれまでいつも正しかったような気がする。妻がそう言うのなら、それしかないと夫は考えた。家には自分一人で戻るからといい、そのまま踵《きびす》を返した。

そして、家に戻り、話があるからと、上の娘を裏山へ連れ出した。

娘は、こうして父親と一緒に裏山に登るのも最後になるかもしれないと、いくらか感傷的な気持ちで父のあとについていった。

夏が終わろうとしていた。山にはもう秋の草花が咲き始めていた。そんな草花を眺めているうちに、娘は幼い頃、両親や妹と一緒に草花が咲きほこる草原で飛び跳ねるように遊んだ記憶が蘇《よみがえ》ってきた。

「ねえ、父さん、あの花なんだっけ？」

娘は弾んだ気持ちを押し出すようにして言った。

と——。

振り返った父親の形相に、娘は身を縮み上がらせた。父親はまるで醜《みにく》い鬼面をかぶっているようだった。

父親は、娘に絶句の間も与えずに、吐き捨てるように言った。

「あれはお前の別れ花だ！」

問答無用だった。そして、いきなり娘に飛びつき押さえ込むと、懐《ふところ》に隠し持っていた出刃《でば》を取り出し、実の娘の両手を斬り落とした。さらに、両手を失った娘を谷底へ突き落とした。

帰ってきた夫から首尾を聞いた妻は、薄笑いを浮かべて言った。

「しかたないよ、あんた。飢饉《ききん》で間引きすることだってあるんだし」

女の目は蛇眼《じゃがん》のような光をたたえていた。

あくる日。

妻は美濃の「さんぜんさ」に手紙を書いた。

『本当に申し訳のないことですが、上の娘は病気で死んでしまいました。ついては妹娘を嫁にもろうてはくれませぬか。姉娘も浮かばれると思います……』

しかし美濃の国から届いた返書は、妹娘と祝言《しゅうげん》を挙げる気はないというものだった。

母親は地団駄《じだんだ》を踏んで悔しがった。

姉娘は生きていた。両手をもがれたうえ、谷川に落とされたのだが、生きたい一心で川から這《は》い上がっていた。しかし、手なし娘は家には帰れない。

（嫁入りが決まっていたのに……もう手もないから行くこともできない）

娘は父親の豹変《ひょうへん》を理解できなかった。

（父さん……どうして？……私をお嫁にいかせたくなかったの？　……父さんのお嫁さんになりたいとからかったから？）

いくら考えても、娘は父親の仕打ちの理由がわからない。

娘は、自分の現実を抱きしめて生きていこうと心に誓った。すると、せめて自分を気にいって嫁にしたいと言った人の顔を見てみたくなった。意を決して「さんぜんさ」を訪ねていくことにした。

道中、手なし娘は好奇の目で見られた。そのたびに、自分を好いてくれたお人がいる、と思うと苦にはならなかった。

美濃の国は豊かな金色の稲田に埋めつくされていた。秋の刈り入れを待って、稲という稲が重々しく頭《こうべ》を垂れている。

目指す屋敷が見つかった。たいそう立派な門構えだった。門の脇には枝振りのいい柿の木がたわわに実をつけている。道中ろくに食べ物を口にしていなかった手なし娘は思わず手を伸ばし……、両手のない自分を目の当たりにするのだった。精一杯、背

伸びをして、口をつけて柿を食べるしか方法はなかった。手なし娘はその格好で夢中で貪《むさぼ》り食った。

「誰や、お前さんは？」

屋敷から初老の男が出てきているのにも気づかず、柿の実に食いついていた。

手なし娘は、慌てて口元を肩口でぬぐった。さっと娘の色白の顔に赤みがさした。

「お見苦しいところをお見せしてしまい申し訳ございません。ここずっと何も食べていませんでしたので、つい……」

男は屋敷の大旦那だった。何か訳ありと踏んだ大旦那にうながされるまま、手なし娘はこれまでの経緯《いきさつ》を語った。

「ならば、おまえさんは病《やまい》で死んだという鴻池の娘さん？　そうか、そうとわかればうちの嫁と決まったお人だ。手なぞなくてもよろしい、息子の嫁になっておくれ」

上の娘は死んだと聞かされて、ふさぎ込んでいた跡取り息子も喜んだ。

こうして、手なし娘は嫁入りするのだった。

❖鬼のような赤子が生まれてしまった

ある年のある日。

手なし娘は玉のような男の子を生んだ。あいにく、若旦那は商用で九州に行っており、留守だった。そのため、大旦那はさっそく男子誕生の知らせを書き記し、若い衆を飛脚に仕立てた。

美濃の国から九州まで、長い飛脚の旅になる。事情を知らない若い衆は、途中、若嫁の里、大坂は鴻池に立ち寄った。

(上の娘が生きている!)

話を聞いて驚いたのは継母だった。口が裂けても若い衆に真実を打ち明けるわけにはいかない。

「あのときは、死んだと言うしかなかったんです……そうですか、男の子を生んだのですか……」

継母は若い衆に次から次に酒肴《しゅこう》をふるまった。酔い潰《つぶ》して、九州に届けるという手紙を盗み読みたかった。

継母の狙い通りに事は運んだ。手紙にはこうあった。

『玉のような男の子が生まれた。名前はなんとしよう』

継母は歯ぎしりした。むらむらと娘に対する憎悪の炎が燃え上がってくる。

継母は手紙の書き替えを思いつき、こう書いた。

『鬼のような子が生まれてしまった。あんな恐ろしい嫁は家から出すのがよいだろう』

書き終えた継母の双眸《そうぼう》には妖しい光が宿っていた。

翌朝、若い衆は、照れながら、礼もそこそこに九州へと向かった。

飛脚役の若い衆が折り返し鴻池に寄ったのは、それから半月も経《へ》ない頃だった。

話を聞いた継母は、若旦那が至急、美濃に届けるように厳命したという書きつけが気になった。

「ここまでくれば、美濃もあと一息。さ、さ」

継母は言葉巧みに酒を勧めた。事情を知らない若い衆は、それが目当てで立ち寄っている。瞬《また》く間に酔い潰《つぶ》れてしまった。

継母はさっそく、美濃あての書きつけを若い衆の懐《ふところ》から抜き出した。そこには、

『いくら鬼のような赤子でも、おれの子だ。嫁は家から出さずにおいてくれ』

と、あった。継母は性懲《しょうこ》りもなく再び細工をした。

『そんな鬼のような赤子を生む嫁は、おれの嫁ではない。すぐに追い出してくれ』

と——。

翌朝、若い衆は、書き換えられた書きつけを懐に、美濃に走った。

「おお、ご苦労じゃった。湯につかって疲れをとるがいい。して、息子の返書は？」

両親は、若い衆から息子への返書を受け取って読むと、さかんに首を捻《ひね》った。息子の言うことがさっぱりわからない。息子に何か具合の悪い事情でも出来《しゅったい》したのだろうか。飛脚に出した者に聞いても埒《らち》があかなかった。

若い衆は、どこにも寄らず往還するよう厳命されていただけに、鴻池に寄って酔い潰れた話などできない。

一晩中、考えあぐねた大旦那は、とにかく息子の言うことに従うことにした。

翌朝、手なし娘を自分の部屋に呼ぶと、息子からの返書を見せた。

「こういうことになってしまった。すまんが、家を出てほしいのじゃ……」

手なし娘は返す言葉がなかった。突然の不幸に襲われるのは二度目だった。どうしてこうなるのか、わからない。絶句するだけだった。そして、まるで魂の抜けた人の

ようにその場に立ちつくしていた。

（私の生んだ子が鬼だなんて……ならば、私も鬼？　父さんが斬り掛かってきたのも、私に鬼を見たから？　いや、あのときの父さんの顔こそ鬼だった……じゃ、私も鬼の子になるの……）

しまいには、気がふれんばかりに思いつめていた。

❖失われた手と地蔵の因縁

手なし娘は背中に乳のみ子を負って、あてのない一歩を屋敷の門から踏み出した。舅《しゅうと》が持たせてくれた過分な銭がせめてものなぐさめだった。当座は暮らしには困らない。

陽《ひ》はもう沖天《ちゅうてん》にあった。陽射しは強く、風がない。歩き疲れた手なし娘は、喉《のど》の渇きに苦しんだ。

（水が飲みたい……）

妹と湧き水をすくいとり、飲んではかけあって遊んだ幼い頃が、手なし娘に蘇《よみがえ》ってきた。

（そうか……私には手がないんだ……）

背中の子の喉の渇きに、自分はどのようにしたらいいのだろう。手なし娘は初めて、自分のおかれている立場を哀れに思った。とめどなく涙が頬《ほほ》を伝った。

そのときだった。川の流れが手なし娘の目に飛び込んできた。川端には地蔵も立っている。手なし娘は思わず、仏様――と心の中で手を合わせていた。手なし娘は転ばないようにバランスをとりながら、夢中で駆け足で寄った。そして、勢いよく川端に跪《ひざまず》き、口をつけて飲もうとしたときだった。背中の子があっというまにずり落ちたのだった。

（子が川に落ちる！）

手を、と思った瞬間だった。ずらっと手なし娘の二の腕から手が生えて、子を押さえたのだった。右の手も左の手も生えそろっている。

娘は自分の両手でしっかりと子を抱きしめた。その感触は、えもいわれぬほどの心地よさだった。

（ああ、こんなにも子を抱きしめるのが気持ちよいものなのか……）

娘の頬に大粒の涙がこぼれ落ちた。

これでこの子と二人、なんとか生きていけると我に返ったときだった。ふと見ると、さっきまであった地蔵の手がなくなっている。

（……！　この地蔵様が、私に手を投げてくださったのか）

娘は心の中で手を合わせた思いが通じたのだと喜んだ。

（そうだ、私には銭がたくさんある。ここに小屋を建てて、地蔵様をお守りしながら子と生きていこう）

娘はあてどもなく歩くのをやめた。

娘の建てた小屋は茶屋を兼ね、かつかつの暮らし向きだったが、地蔵に見守られ、母と子は生き始めた。

ある年のことだった。商用で九州に長逗留《ながとうりゅう》していた美濃の「さんぜんさ」の息子が屋敷に帰ってきた。息子は、家に嫁も子もいないのに驚き、

「おれの嫁はどうした、子はどこにいるんだ？」

と、かつて見せたことのない剣幕で親に詰め寄った。その激しさに親はおろおろしながらも、言い返した。

「どうしたではあるまい。お前が嫁を家から出すよう手紙を寄越《よこ》したではないか」

親子は互いの手紙の内容を知って、愕然《がくぜん》とするのだった。

若い衆を呼び、調べていくうちに、娘の継母の仕業《しわざ》だと悟った。

（どうして、そんなことができるんや……）

息子の怒りはおさまらなかった。同時に、手なし嫁への愛しさが強烈にこみ上げてくる。

息子は屋敷中の者を四方八方に走らせた。自らも嫁さがしに走った。

三日めのことだった。隣村との境目に立つ川端の地蔵のそばに、小さな茶屋ができているのに気づいた。

（おや、いつできたんだろう……）

歩き疲れた息子は足を止め、茶屋に入った。すると、年のころ三つばかりの男の子が駆け寄ってくる。

男の子は出し抜けに、

「父さん、父さん」

と、声を立てる。そして、戸惑う息子にかまわず膝《ひざ》に飛びのろうとする。と、

「お客様にご迷惑でしょう。その方はよそ様の父様ですよ」

奥から声をかけながら顔をのぞかせた女を見て、息子はわが目を疑った。探し求めている嫁に瓜《うり》二つだった。

（……でも手がある。ちゃんとあるからなあ……）

世の中にはこんなにも顔立ちの似ている人がいるものなのだと呆然《ぼうぜん》とするのだった。

しかし、あまりに男の子がなつくので女に聞いてみた。

「お前さん、いつからここに茶屋を出しているんだい」

優しく問いかけられた女は、初めて正面からじっと男を見た。

（……！）

女はまさかと思った。信じられなかった。一歩二歩と男に歩みよる。

三年の月日は長くはなかった。女は夢中で生きてきた。気づいてみればそれだけの時間が流れていたにすぎない。

女の頬に、屋敷を出てから三度目の、大粒の涙がこぼれだしていた。

■原典『日本昔ばなし』を読む――手なし娘■

ある状況下で炙《あぶ》り出される醜《しゅう》悪《あく》な人間心理

『手なし娘』の話は一般的には継子譚《ままこたん》として語られますが、単に、継母による継子いじめの話ととるべきではないでしょう。継母を憎む話ととらえてしまうと、物語の深層に隠されてあるものが見えなくなってしまいます。

実はこの物語は、人間がある状況におかれたときに無意識のうちに発揮してしまいがちな「残酷さ」「醜悪さ」を強調している話なのです。

ここに登場する夫婦は連れ子（娘）のいる同士で再婚した男と女。その二人の娘は継子いじめに遭《あ》うこともなく、それだからこそ、町でも評判の、誰にでも好かれる、素直で気立てのよい、器量よしの姉妹に育ちます。

では、人間の「残酷さ」や「醜悪さ」が何をきっかけに立ち表われてくるのかといえば、この場合は娘の縁談です。それも、普通なら望んでも望めないような良い相手との縁談。夫は単純に喜びます。しかし、継母はそうはいきません。

「母性」を刺激されるのです。

母性は、良きにつけ悪しきにつけ、恐ろしいほどの力を発揮します。自分の腹を痛めた娘にこそ最高の嫁入りをさせてやりたい、自分の娘にこそ、その資格がある、と、継母は母性の持つ邪《よこしま》な力にひれ伏してしまうのです。

そうなると、夫の実の娘が邪魔になります。邪魔になると、憎しみも湧《わ》いてきます。すると、嫉妬《しっと》も入り込みやすくなります。今までは夫と娘の仲の良さを微笑ましく見ていた継母も、その何げない仲の良さを一方的に嫉妬します。何もかも気にいらなくなるのです。また、自分を愛しているのなら、自分のために何でもしてくれて当然という錯覚（思い込み）も生まれてきます。それが、夫への残忍な要求につながります。

夫はといえば、妻への愛がまわりが目に入らないほど強いがゆえに、妻を失いたくないという気持ちだけが先走って、実の娘を殺せという理不尽な要求を実行する残酷さ、醜悪さを見せます。

「残酷さ」「醜悪さ」というものは、大なり小なり誰の中にも潜《ひそ》んでいます。ある種の感情にとらわれて、それが頭をもたげてきても、理性がそれを抑えます。

抑えきれないときには、相手を殺さないまでも、精神的なダメージを与え、あるいは、信じられないような猟奇《りょうき》事件を引き起こし、世間を恐怖のどん底に陥れるのではないでしょうか。

さて、この『手なし娘』は、テーマやモチーフに少しずつ違いがあるものの、全国的に分布しています。それでは、その大きな共通点を七つ挙げてみましょう。

①娘が腕を斬られて家を出る（斬られるのは片腕だったり、誰に斬られるか、斬られる理由はまちまちです）。
②腹のすいた娘が果物を盗み食いし、その家の者に見つかるが、事情を話すと許されて嫁入りする（果物の種類に違いがあります。それに婿が婚約者でないケースもあります）。
③夫が長い旅に出る（旅に出る理由の違い）。
④夫のいない間に娘が子どもを生み、その知らせの手紙を出すと、途中で継母に書き換えられてしまう（継母が書き換えるときの状況の違いがあります）。

⑤娘は継母の悪だくみにはまって、子どもと二人、婚家を追い出される。
⑥娘が背負った子どもが川に落ちそうになり、その瞬間に不思議な力によって手が生えてくる（その力は、老婆や白髪の老人、観音様や弘法大師《こうぼうだいし》によるケースもあります）。
⑦やがて夫に見つけ出され、三人は幸せな暮らしに入る。

――といったところです。

いずれにしても、『手なし娘』の救いは、どんな困難に遭っても生きることに積極的な娘と、この人と決めた彼女を受け入れようとする男（青年）が、最後には結ばれることでしょう。

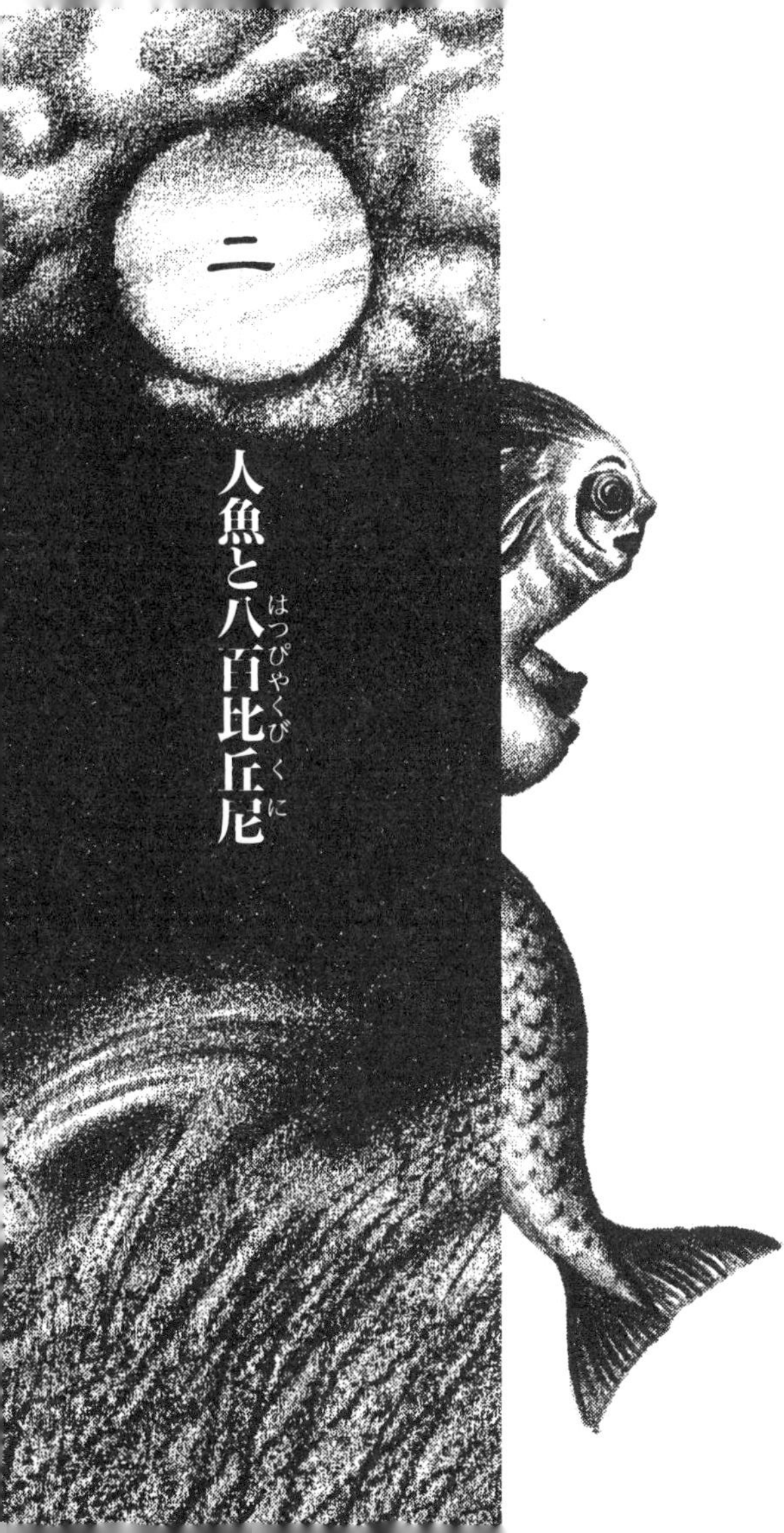

二

人魚と八百比丘尼《はっぴゃくびくに》

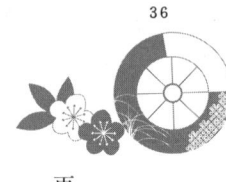

地引き網を引く男の手が、ピタリと止まった。

「こ、これは、でかいぞ……」

男はごくりと唾《つば》を飲み込んだ。大物のようだった。いったん休めた手に再び力を入れ、急いで網を浜まで引き上げた。

（……！）

男は、目の前に引き上げられた獲物をのぞき込み、肝をつぶした。姿形が異様だった。人面をつけた大きな魚とでもいうものだった。しかも、人面はまるで若い娘のようだった。男は声も出せぬまま視線を下げていき、小ぶりの胸を見つけると、その顔と同じように羽《は》二重《ぶたえ》肌《はだ》を思わせる色の白さに驚くのだった。だが、その下は金色の鱗《うろこ》に輝く魚身そのものだった。

生まれて初めて見る生き物に、男は驚嘆し、呆然《ぼうぜん》とした。

「うう……。よもや、これが……」

人魚か、という言葉は飲み込み、ようやく我に返ったように呟《つぶや》いた。と、何ともいえぬ甘い芳香が男の鼻をついた。誘われるように、男は若い娘のような胸の盛り上がりの谷間に、屈《かが》んで耳を近づけていた。呼吸は止まっている。

慌《あわ》てて立ち上がると、男は大声で叫んでいた。

「大変だー！　人魚がかかったぞー」

男の声を聞きつけた仲間の漁師たちがバラバラと集まってきた。

「うおっ、こ、これは……」

浜に上げられた人魚を物珍しげに取り囲んで目を見張った。

仲間たちのざわめきが収まったところを見計らって、男は言った。

「どうしよう？　このまま捨ててしまおうか」

すると、浜いちばんの古老の漁師が進み出て、こう言った。

「聞くところによると、人魚の肉はとろけるようなうまさであると言うぞ。さ、さ、みんなで宴《うたげ》を催《もよお》そうじゃないか」

浜の古老のひと言で、人魚の肉を食すことが決まった。

浜は日本海に面しており、豊かな漁場に恵まれていた。珍しい魚や奇魚が網にかかることも多い。そのぶん、漁師たちは異形《いぎょう》の魚を見るのには慣れていた。

だが、人魚は初めて見る幻の生物だった。浜の古老でさえ、実際に目のあたりにするのは今日が最初だった。

ただ、漁師なら誰でも、一度はその存在を耳にしたことがあるが、古老のように味についてまで知っている者はいなかった。

漁師たちが色めき立ったのは無理もない。

「宴だ、宴だ。とびきりの肉で、宴を始めるぞ。酒を用意しろ！」

宴の準備に奔走《ほんそう》し始めた。宴は古老の家でとり行うことになった。

「おい、長者様もお呼びしてこい」

一人が叫んだ。

「俺が行ってくる」

人魚を網にかけた男が応じた。男は浜から少し離れた山の麓《ふもと》にある長者の屋敷へ走った。

❖甘い香り漂《ただよ》う人魚の肉

長者には妻と一人娘、それに老いた両親がいる。大勢の人を使い、海の幸を他の物産に換える商売をしている。唐人《とうじん》との交易もしていた。唐人が持参する虎皮《とらがわ》は、高位の貴族たちがこぞってほしがる。長者は浜でとれる海産物と虎皮を交換し、貴族に売って喜ばれていた。仕事に熱心で、ときには自身で船に乗り込むこともある。漁師たちと仲が良く、彼らの信頼も厚い。

「長者様、長者様っ」

屋敷に仕える下女が主人を起こしにいくまでもなく、男の大声は奥座敷の長者の寝床にまで届いていた。

(まったく、朝っぱらから何用じゃ)

長者はしぶしぶ寝床から起き上がった。

(また、異国の者が流れ着いたのか)

嵐が続いた直後の先日、赤毛の異人が浜に打ち上げられていた。目の色は翡翠《ひすい》のようだった。長者が交易している唐人とは違い、信じられないほどの大男で、目の色は翡翠のようだった。全身を怒らせたフグのように膨《ふく》らませていた。溺死体《できしたい》だった。気味悪がって誰も手をつけず、放置された。見かねた旅の僧侶《そうりょ》が後始末をしたらしい。そのときの残像が、ふと長者の脳裏をかすめていた。

身支度を整え終えた長者は、表口に出た。大声を出していた男は、走ってきたのだろう、頬《ほほ》を紅潮させている。

「いったい何があったんだ」

少しきつい口調で長者は問うた。

「あっ、長者様。とんでもない魚が網にかかったもんで、みんなで宴会をすることになりまして、人魚とかいう幻の魚だそうです」

「何、人魚?……」

長者は唐人との交易を通じ、城下や浜では得られない新しい知識を得ている。しかし、その長者にしても、唐人から話を聞いたことはあっても、目にするのはもちろん、その肉を試食したことなどなかった。

逸《はや》る気持ちを抑えつつ、男について浜への道を足早に歩いた。

海辺が近くなると、騒がしい人の声が聞こえてきた。浜の手前の、宴会を開く古老の家に着いた。

「長者様、お待ちしておりました。捌《さば》く前に、珍しいから一度見てくださったほうが良いかと思いまして」

漁師が、土間から顔を出して手招きする。

「どれどれ」

長者は、誘われるままに厨《くりや》へ入った。

（……！）

長者は息を呑《の》んだ。

若い女が横たわっているように見えた。色白の肌には張りがあり、漆黒《しっこく》の長い髪は海水に濡《ぬ》れたまま乾いたと見え、数束が小ぶりの乳房に張りついている。口許は小さく赤い。心持ち短いように感じられる腕は、なめらかに伸びている。

しかし、人間ではない。両足がない。彼女の腹から下の半身は魚身そのもので、金色に輝く魚の鱗で覆われていた。足があるべきはずの部分には大きな尾ヒレがついている。しかも、体臭なのだろうか、全身からえもいわれぬ甘い香りを発散させていた。

長者は肝をつぶした。

「まるで、人間のようじゃ……」

目の前の生き物に圧倒されていた長者は、ようやく声を出して呟いた。

「ええ……。けれど古老がうまいものだというから、食べてみようと……」

そう言う漁師も、包丁を手に、ためらっているようだった。

捌くのを見るのは、耐えられない。でも……味見はしてみたい、という思いがちら

っと長者の脳裏をよぎった。長者は思いを切るかのように、

「では、任せたぞ」

短くそう言って、そそくさと宴席に戻っていった。

三十分も待たされたであろうか。強烈な甘い香りとともに、人魚の肉が大皿に盛られて運ばれてきた。他に旬の酒肴《しゅこう》も次々に用意された。ほどよく酒の入っている漁師たちから歓声が上がった。めいめいが箸《はし》を手に酒肴をつまみ始めた。杯はどんどん空《あ》けられる。しかし、誰も人魚の肉には手をつけようとしない。ある漁師が尋ねた。

「長者様、人魚とやらの肉を召し上がらないのですか」

「いや。ちょっと……。見てしまったからな、全身を……」

それは、漁師たちとて同じである。古老も食べるのをためらっている様子だ。

「昔、爺様《じいさま》から聞かされていたのだが……」

気まずい沈黙が流れた。先ほどまでの盛り上がりはすっかり消え失せている。

「お開きにいたしますか……」

誰からともなく声が上がり、後片づけが始まった。古老の家の者が、残ってしまった人魚の肉を紙で包み始めた。

「みなさん、せっかくですから持って帰ってください」

長者も一つ、紙包みを受け取った。

屋敷への帰り道は上り坂だ。朝から酒を飲んだのと、坂道を上るのとで酔いが回ってくる。目を閉じると、どうしても先ほどの人魚の美しい顔と魚身が浮かんでしまう。

屋敷に着くと、すぐさま妻が問いかけてきた。

「あなた、いったい何があったの？」

「いや、珍しい魚が捕れたので、宴会をしたままでだ。ちょっと酔いを醒《さ》ましたいから、風呂を沸《わ》かしてくれ」

屋敷の中は急に慌ただしくなった。妻をはじめ下女《げじょ》たちが、風呂の準備に追われてぱたぱたと走り回った。

長者は手土産の紙包みにしばらく見入っていた。鼻を近づけてみると、ほのかに芳香が漂《ただよ》ってくる。

（やはり、気味が悪いわ……）

胸の内に呟くと、妻には渡さないことにして、部屋の一番高い棚の上に置いた。そして、沸《わ》いたという風呂へ入りに部屋を出ていった。

❖初夜の閨《ねや》で淫《みだ》れる娘

「父上は、もうお風呂に入ったのかしら」

行き交う下女たちを横目に父親の部屋にやって来たのは、長者の一粒種の、年頃を迎えたばかりの娘だった。

日頃は屋敷の奥、納戸《なんど》のそばを自分の陣地のごとく使っているが、今日は朝から騒々しく、そうもいかなかった。何事かと父親の部屋をのぞきにきたのだった。

「あら、何かいい匂《にお》いがする」

娘は誰もいない部屋を、きょろきょろ見回した。今までに嗅《か》いだことがないような甘い芳香がする。しばらく室内を探るようにしたあと、棚の上に白い紙包みがあるのに気づいた。背を思いきり伸ばして、触ってみる。柔らかな感触がある。

(何かしら……)

手に取ってみると、ほのかに甘い芳香が鼻をつく。

「これか、これが香りの元ね」

父親の顔が一瞬よぎって娘はためらったが、好奇心に突き動かされた。

「いいわ、開けてみよう」

そう言うと、包みのひもを解いた。すると、中から艶《つや》やかな赤い肉切れが現れた。

（まあ、いったい何の肉かしら……）

肉から放たれる濃厚な香りが、年頃の娘の旺盛《おうせい》な食欲を刺激したようだった。娘は思わず唾を飲み込んでいた。

（なんておいしそうなの。食べたい。ああ、食べてみたい。黙って勝手に食べたら父上に怒られるかしら。でも、一切れなら気づかれないかも……）

と、素早く一切れを口に運んでいた。

「おいしい。なんておいしいの。あっさりしていて、臭みがまったくないわ。初めて食べる、こんなにおいしい肉」

娘は一切れのつもりが、二切れとなり、ついには全部を平らげてしまった。

（ああ……みんな食べちゃった。まあ、いいかしら。黙っていよう。見つかったら謝ればいいわ）

父親がどんなに自分を可愛がり、どんなに自分に甘いかを娘はよく知っていた。娘は空《から》の紙包みだけを棚の上に戻すと、罪悪感を覚えることもなく、部屋を出た。

その晩、床に就《つ》いた娘は、つくづく思った。

（よかった……。父上には見つかっていない。年頃の女が何の肉だかわからない肉を勝手に食べたなんて知られたくないわ。やっぱり少し恥ずかしいもの）

胸を撫《な》で下ろして、目を閉じた。

ところが、今夜に限って寝苦しい。幾度となく寝返りを打った。

「う――ん」

眉間《みけん》をしかめる娘の顔には脂汗がにじんでいる。

（どうしたのかしら。体がこんなに火照《ほて》って……）

とうとう娘は、熟睡することなく、明け方まで輾転《てんてん》としていた。

翌朝。朝餉《あさげ》の用意ができたという下女の声に、娘はよろよろと部屋を出た。

すでに、ふた親は膳《ぜん》を前に着座していた。

「おはようございます」

「……おはよう」

母親は、娘の顔色にいつもの色と違う、何か発光するというか、不思議な輝きが見てとれるのに戸惑った。

この日を境に、娘の美しさが際《きわ》だって輝き始めた。もともと色白だった肌はよりいっそう白く磨かれたようになり、頬の赤みはより艶《つや》やかに、弾《はじ》けるばかりの若々しさを醸《かも》し出していた。

娘の美しさはたちまち村で評判になり、縁談が相次いで来るようになった。

こうして、娘は父親が勧める男に嫁入りすることになった。相手は隣村の大地主の跡取り息子だった。条件は申し分なく、華やかな輿入《こしい》れがとり行われた。何頭もの馬に嫁入り道具をくくりつけ、下女や下男《げなん》たちが引いて歩いた。嫁入り先の隣村への道を、長い長い馬の列が連なった。さまざまな儀式が立て続けにあり、すべての儀式をこなせるのか、娘が心配したほどだった。

(お嫁入りしたんだわ……)

娘がその日、初めて一息ついたのは、初夜に臨む閨《ねや》を前にして男の隣に座ったときだった。

娘は顔をうつむかせたまま、小さく震えていた。

「心配しなくても、大丈夫ですよ」

男は優しく言うと、娘の手を取り、閨に導いた。

ところが、娘に異変が起きた。

ひとたび男を迎え入れると、娘は人が変わったような振る舞いを見せ始めたのだ。

（……！）

男はひるんだ。娘から恥じらいの表情が消え失《う》せ、髪を振り乱し、声を上げる。まるで自分の欲望の赴《おもむ》くままのように応えている。

（猫をかぶっていたのか……。若いのに実は大変な淫乱《いんらん》者なのか？　とんでもない女と一緒になってしまった……）

しかし、めくるめく快感の波に飲まれると、男のそんな感情はどこかへ吹き飛んでいた。

そのうち、娘の体から、何とも甘い芳《かんば》しい香りが立ちのぼり始めた。娘の行為が激しくなるにつれ、その香りも強まるようだった。男はむせ返るような芳香に包まれた。

その濃い芳香で我に返った男は、己《おのれ》を見て驚いた。新たな欲望を生み出している。まるで媚薬《びやく》のごとき芳香に、男は歓喜の声を上げていた。

いた。

❖歳をとることのない恐怖

毎夜、男は夢中になって娘を抱いた。まるで取り憑《つ》かれたかのように、娘をかき抱いた。

男は、娘の肉体と、そこから醸《かも》し出される不思議な香りの虜《とりこ》になっていた。

（ああ……たまらない。あやつの香りを嗅《か》ぐと、よりいっそう、具合がよくなる）

男はその香りを嗅ぎたくて、ついまた、娘の体に手を伸ばしてしまう。すると、娘は嬉々《きき》として男に応える。阿片《あへん》のような力をもつ娘の芳香と肉体だった。

こうして一年が過ぎていった。

男は頬がこけ、すっかりやつれ果てた。目ばかりがギラギラしていた。顔中に皺《しわ》が走り、黒髪はすっかり白くなっていた。まるで老人になってしまったかのようなやつれぶりだった。

一方、娘の肌は相変わらず艶やかで、みずみずしさをたたえている。美しさにより磨きがかかり、村でも評判の嫁になっていた。

間もなく、男は極度の衰弱から息を引き取った。男の死骸はさながら老人のように小さく、貧相なものだった。

娘は深い悲しみに沈んだ。

（あんなに、私のことを愛してくれたのに……）

しかし、いつまでも悲しんでいるわけにはいかなかった。次から次へと再婚話が舞い込んでくる。

娘の実家の父親も放ってはおけなかった。娘を再婚させることにした。相手は今度も申し分のない身分の男だった。

娘はようやく悲しみから立ち直り、新しい生活を始めた。

だが、新しい夫も前夫と同じで、毎夜、狂ったように娘の体を求めてくる。嬉々として娘はそれに応えた。するとどうであろう。夫は一年たった頃に突然死してしまったのだった。青年とは思えないほどやつれきり、ひからびた体で……。娘は大泣きした。

（私の愛する人は、なぜ死んでしまうの……）

訃報《ふほう》を聞いた父親は、いったい、なぜ娘の夫ばかりが死ぬのだろうと、さすがに困惑した。

そのうち、妙な噂が村を駆けめぐり始めた。

一年も経《た》たずに夫が死んでしまうのは、娘が夫の精気を吸い取ってしまうからだ。

あの女は普通ではない、というものだった。

これでは、いくら長者の父親でも、なす術《すべ》を持たなかった。

（しかし……）

と、父親は思った。娘はたしかに、夫の精気を吸い取ったかのように生き生きとしている。二十歳を過ぎたというのに、まだ小娘のように若々しい。村人が噂するのも無理はなかった。

父親は思案したあげく、娘をわざと遠い村へ嫁入りさせた。

ところが、また一年後、娘の夫は死んでしまった。流行《はや》り病《やまい》かと思ったが、そうではなかった。同じように小さな骸《むくろ》となって葬られたのだった。

これを知った父親は、愕然《がくぜん》とした。

（夫を三度も亡くすという忌《いま》わしい過去を持つ娘を、おいそれと嫁にもらってくれる家などもうないだろう）

娘に仕えている下女たちの中には、気味悪がって出ていった者もいる。

父親は嘆息《たんそく》するしかなかった。

ところが、四度目の嫁入り先を探し当てた父親は、今度こそという祈りを込めて娘を出した。娘もたいそう喜んだ。だが、結果は同じだった。さすがの娘も、ショックに打ちひしがれた。もはや偶然とは考えられなかった。

（なぜ、夫は死んでしまうの……私はみんなが言う鬼女なの？）

この頃になると、いやでも人々の噂は娘の耳にまで届いていた。

『男の精気を吸い取る鬼女』『夫を死に至らしめる雌狐《めぎつね》』

などと、ひどい言われようだった。

（けれど、それは誤解よ。夫とは、とても仲が良かったし、夫たちは、私を激しく愛してくれたわ。私は単にそれに応えてきただけよ）

娘はハッと顔を上げた。

「もしかして、それがいけなかったの？」

娘は自分で自分の胸を抱きしめた。両の目から涙がしたたり落ちた。

夫たちが自分の体に溺《おぼ》れる理由を、それまできちんと考えたことがなかった。

娘は泣き濡《ぬ》れた顔を整えようと、手鏡を取った。そして覗《のぞ》き込んだ。

「キャッ！」

思わず娘は悲鳴を上げていた。そこには、真っ白な肌の美しい顔があった。しかし、目尻にもどこにも皺の一つもない十七歳の顔のままだった。

娘は、思わず手鏡を投げ捨てていた。

（私、ちっとも変わっていない。いつまでも若くて羨《うらや》ましがられるけれど、それは違う。ここ何年も、歳をとっていないよう……）

同じ年頃の女友だちは、年相応に成熟し、嫁入りし、出産している。子育てや暮らし向きによる加齢が顔にも体にも出ている。なのに、娘にはそれが見受けられなかった。

夫や子どもとともに日々の暮らしを生きていくという女としての満足感は、女の顔に得も言われぬふくよかさをもたらす。そんな精神的な年輪が娘の顔には欠落していた。十七歳のときのまま、成長が止まってしまっているとしか考えられなかった。

（もしかしたら、このまま歳をとらないのかもしれない……）

そう思うと、娘は急に得体の知れない恐怖心に囚《とら》われた。

娘はその恐怖と向かい合うかのように身じろぎもしない。

やがて、娘は自分に言い聞かせるように、胸の内に呟いた。

（出家しよう。そうすれば、男と交わらず、相手を死なせることもない。身を清め、尼《あま》となり、修行のための行脚《あんぎゃ》をしよう。それしか私の生きる道は残されていない）

❖踊り狂う集団

その日の午後、喪中で屋敷に身を寄せているはずの娘が忽然《こつぜん》と消えた。

娘は尼寺のある山をめざしてひたすら歩いた。そして、山にこもり、ひたすら修行に励んだ。出家をし、尼寺仲間と一緒に行脚の旅に出るまでになったが、娘はいつも椿《つばき》を手にして歩いた。そして、諸国行脚のたびに椿を植えるのだった。娘にとって、椿は、懐かしい故郷の山を思い出させてくれるものだった。

娘は、肌が雪のように白かったので、白比丘尼《しろびくに》と呼ばれた。

ある日のことだった。行脚の途中の村で不思議な光景に出くわした。

尼も、僧も、村人たちも一緒になって大声で歌い、踊り狂っている。

「いったい、これは何ですか？」

踊りを見物している一人に尋ねた。

「踊り念仏ですよ」

聞くと、時宗《じしゅう》という名の宗教を広めるための活動らしい。一遍《いっぺん》という名の人物が、こうして全国を遊行《ゆぎょう》しているという。布教の方法は、行った先に即席で舞台を作り、そこで皆と踊りまくるというものらしい。

娘は見た。男も女も、僧も尼僧も遊女も入り交じって踊り狂う様を。人々の顔は恍《こう》惚《こつ》の境にある。トランス状態に陥ったかのように異様な熱気が漂っていた。見ていた群衆も、一人また一人と踊りの輪に加わっていく。

「まあ、面白い。私も一緒に踊りたい」

好奇心の強さが、娘を輪の中へ押し出していた。

こうして、娘は山寺の尼たちと別れて遊行集団に参加し、全国各地を巡る布教の旅について歩いたのだった。

紀伊《きい》の国は熊野山の熊野権現《ごんげん》はもちろん、各地の巡礼地を巡った。

一行は各地で仲間を加え、大所帯になっていく。誰も、娘の過去を知らない。

(よかった。もう変な目で見られない。やっと自分の居場所が見つかった……)

実は、娘は、集団の中の一人の僧に恋をしていた。しかし、娘は思いを打ち明けられない。

(もし、夫たちと同じように死んでしまったら……。愛する人を失うのはもう……)

耐えられないと娘は思い、新たな恋には踏み込めなかった。それさえのぞけば、毎日が楽しかった。娘は仲間とともに雪の日も、照りつく日差しの下でも、ひたすら歩いて踊り念仏に専心した。

数年がたった。

仲間の中には、旅の途中、崖《がけ》から足を滑らせて亡くなった者や、疫病に苦しんで死んだ者もいる。

しかし、娘は健康そのもので、一度も流行り病や疫病にかかることがなかった。

さらに年月が過ぎた。

親しかった年長者や友人たちが仏のもとに先立っていく。娘はいつも相手の最期を、手を握り、涙をこぼしながら看取《みと》った。

(悲しい……。どうして皆、私を置いて行ってしまうの？ 私は人の死を送るばかり)

人を看取《みと》ることの連続で、娘はすっかり落ち込んでしまった。

(私にも、終わりがほしい)

自分の運命を、心底、娘は恨んだ。

その一方で、新たな気がかりを生じていた。いっこうに歳をとらず、みずみずしい若さを保つ娘を、さすがに理解ある信者たちも不審に思い始めていたのだった。

娘は、何かと集団に居づらい思いをするようになった。

（やっぱり、ここにもいられない……）

集団から離れ、一人で旅を続けるしかないと娘は考えた。

娘は、白い浄衣に身を包み、手には市女笠《いちめがさ》（女性がかぶっていたつばの広い帽子）と椿を持って、新たな旅に出たのだった。その後、いくつもの灼熱《しゃくねつ》の空と、いくつもの極寒の地を経験した。どのくらいの年月がたったのか、娘には見当もつかなかった。

「ちょっと、疲れた……。ああ、故郷の海が見たい」

ある日、娘は思いたって生まれ故郷を目指して歩き始めていた。

何十年ぶりかわからない故郷の海は、少しも変わっていなかった。

ところが、生家があった場所を訪ねてみると、荒れ果てた土地しか残っていない。戸惑い立ちつくしている娘の目に、道端の向こう側から歩いて来る老婆の姿が入ってきた。娘は老婆に走り寄って、生家について尋ねてみた。

「もう、何十年以上も人が住んでおりませんのや。わしが子どもの時分から、ずっとこのままの有様じゃし」

そんなはずはない、と娘は思った。しかし、娘は返す言葉を呑み込んだ。思えば自分は一人娘。自分以外、跡取りはいなかった。家が没落しても無理はない。いや、それでも、朽ちた廃屋の跡ぐらいは残っていてもいいはず……。

(いったい、どれくらいの年月が経ってしまったのだろうか?)

自身に加齢の変化が起きないため、すっかり月日の感覚が鈍くなっていた。

娘は、老婆に現在の年号を尋ねようとしたが、こらえてやめた。

(聞いたところで、何にもなるまい。父上、母上、それにおじいさん、おばあさんは帰ってこない……)

まるで魂が抜けてしまったかのように、娘はしばらく道端に座り込んでいた。ぽたりと、地べたに大きなシミができた。

(私はもう、どこにも帰る場所がない。生きるのにも本当に疲れてしまった……)

涙を拭《ぬぐ》うと、娘は村外れの懐かしい山に向かって歩き始めた。やがて、頂上近くにある小さな寺に辿《たど》り着くと、境内《けいだい》へ入り、社《やしろ》の裏へ回った。そこに、自分の背丈ぐらいの高さの洞穴《どうくつ》があるはずだった。

あった。中に入った。そこは、娘が幼い頃、友だちと遊んだ隠れ家だった。

(少し小さいような気がするけれど、昔と同じままだわ……)

安心したように自分に言い聞かせ、洞窟の外に出てくると、改めてあたりを見回した。小さかった椿の木が、見上げるほどに大きくなって花を咲かせていた。娘はその一本を手折《たお》ると、洞穴の入り口の地面に刺した。

「この椿が枯れぬうちは、私も死なないと思う」

そう呟くと、暗い洞穴へ再び入っていった。真っ暗な洞穴の奥。彼女は冷たい石の上に正座すると、目を閉じた。

それから一切の水、食料を絶ち続けること数日、ついに彼女は絶命した。

人魚の肉を口にしてしまった娘は、こうして生涯を閉じた。八百年という生涯を。

やがて、入り口に刺された椿の花は地面に落ち、芽を吹いた。すくすくと成長して、数年後には花をつけた。まるで娘の肌のような白地に、肉の色に近い、赤いまだらの入った花だった。

椿は白玉椿と呼ばれている。

■原典『日本昔ばなし』を読む――人魚と八百比丘尼《はつぴやくびくに》■

人魚伝説に託して教える〝人の道〟のタブー

日本における人魚の記録でもっとも古いのが、『日本書紀』にあるものとされています。それくらい古くから、人々は「人魚」、すなわち「人プラス魚」という生き物を、想像上であれ、意識して生活していました。

現在でこそ、ジュゴンもしくはアザラシを見間違えたという見解が一般的ですが、昔の人々は人魚の存在を信じていたようです。なぜなら、北海道をのぞく全国各地に、人魚との関わりを示すさまざまな伝説が数多く残っているからです。

それらのおもな共通点は、「人魚の肉を食べ」て「不老長寿となり」「八百年(千年とも)も生き続けた」の三点です。

まず人魚の肉に関しては、「非常においしいらしい」といいます。「出された肉は大変良い芳香がした」にもかかわらず、その場に居合わせた人々は気味悪がって、誰も食べませんでした。彼らは網にかかった人魚の美しい顔を見ています。

やはり、人魚に対して「人間の親戚では」という畏怖《いふ》があり、食することは原罪を背負うことを意味するように思えて避けたのではないでしょうか。また、普通でない生き物、異形の生き物に対する、言いようのない恐怖もあったでしょう。

ところで、中世には、河童《かっぱ》や天狗《てんぐ》など、異形の生き物が多く登場します。人々はそれら異形の生き物を忌み嫌う一方で、神格化もしています。同じように、人魚に対しても「神」のイメージを持っていたのではないでしょうか。

『八百比丘尼《はっぴゃくびくに》』では、神の肉を食べる＝タブーを侵《おか》してしまったのが長者の娘です。しかも、人目に隠れて自分だけ食べてしまったのです。おいしさのあまり、全部平らげます。年頃の娘でもあり、旺盛な食欲や好奇心を控えることができませんでした。しかし、彼女が犯した罪はとてつもなく大きい罰となって返ってきます。

まず、男性と交わると、相手を死に至らしめてしまう。人魚の血が入った彼女は、その肉体で愛する人の精気を奪うだけでなく、生命をも奪ってしまいます。

つまり、食欲の罪が性欲の罪となって返ってきたわけです。若い女性が性に溺《おぼ》れることに警告を発しているのかもしれません。

いつまでも「若いままでいたい」「長生きしたい」というのは万人の願いですが、それにも程度というものがあります。もし、若さを保ちつつ何百年も生き長らえるなら、気苦労が絶えないことは想像に難くないでしょう。

彼女の場合は八百年。『八百比丘尼』という話のタイトルにもある、八百年です。その間、世代ごとに味わえるはずの苦楽はまったく経験できません。すべての知り合いが、確実に先に死んでしまうからです。

さらに、自分だけが不老なので、人々の奇異の目に常にさらされます。しかも、この特別な悩みを分かち合える人が誰もいないのです。

何という孤独でしょう。精神的に疲れ果てた彼女は自害します。八百年という年月のうち、楽しかったのはどのくらいの年月だったのでしょうか。あとは、ただひたすら苦しい「生き地獄」を生き抜くしかなかったのです。

やはり、人には定められた寿命があります。限られた命を精一杯生きることが人の道であると説いているのでしょう。

食欲・性欲・生命欲。人間が欲に目がくらむと、どんなことになるのか……。その恐ろしさを教えてくれる『八百比丘尼』です。

三

食わず女房

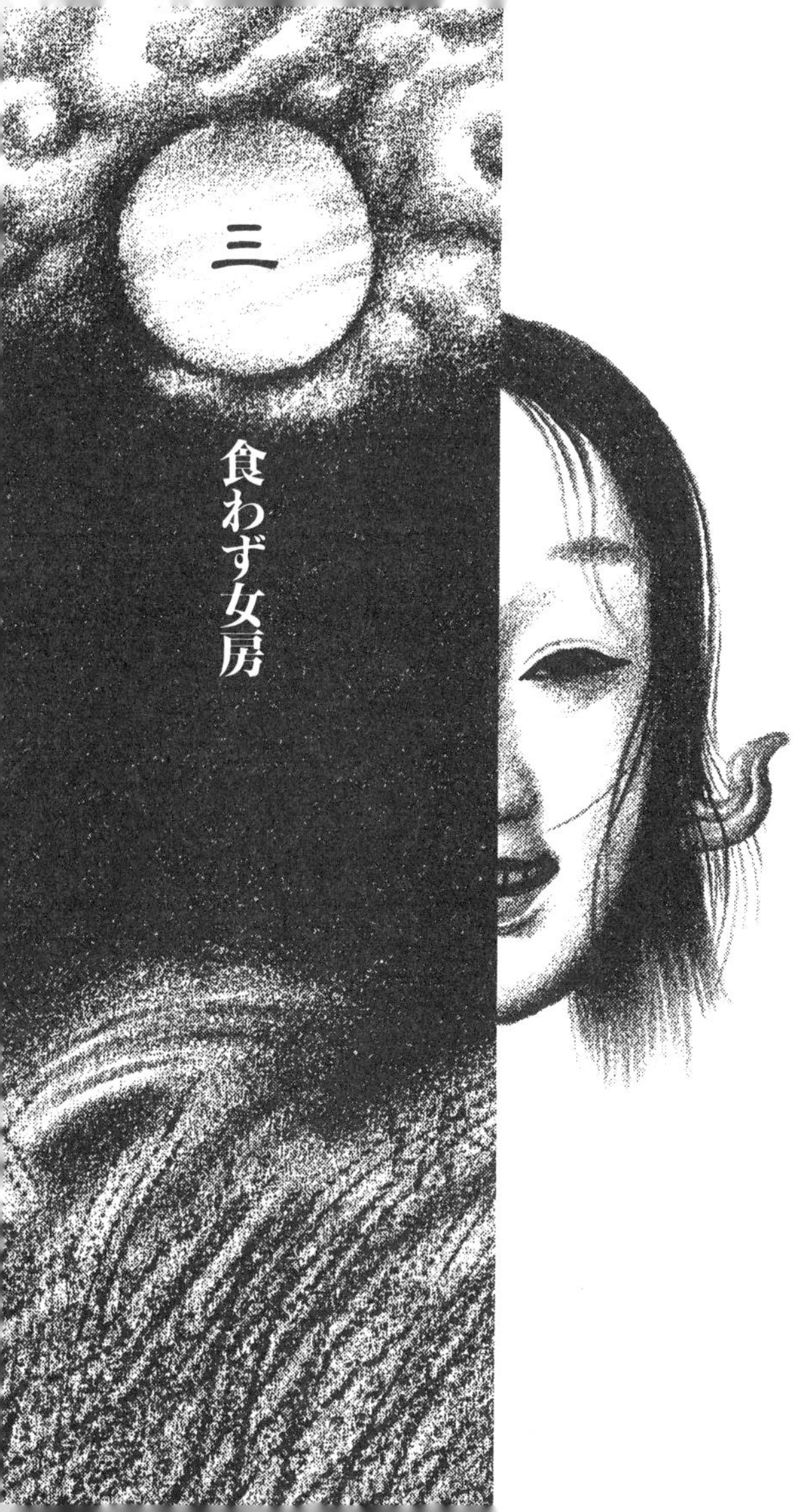

夕闇の中、畦道《あぜみち》のはずれに粗末な藁《わら》屋根が見える。灯《あか》りはない。

男は鍬《くわ》を肩に、疲れた足をひきずるようにして畑仕事から帰ってきた。

古びた板戸を開けて土間から上がると、火種で囲炉裏《いろり》に火をつけた。

土間へ下り、今朝がた汲《く》んできた水を甕《かめ》から柄杓《ひしゃく》ですくい、喉《のど》を鳴らして一気に流し込んだ。


青い薄闇の中、囲炉裏で炭が音を立て始める。柄杓を手にしたまま、外を透《す》かして見る。家の裏手の低い丘は、すでに闇色に沈んでいた。冷気が忍び寄る。

「陽が短くなったな」

ぼそりと呟《つぶや》いた声は、冷えた空気にそのまま吸い込まれた。

ひんやりした土間の感触を足裏に感じながら竈《かまど》に向かう。手早く米を研《と》ぎ、炊《た》き始める。火を吹きならす。手慣れたものだった。

米を炊きながら味噌汁の用意をする。畑から抜いてきたネギと青菜を粗く刻み、煮立ったところで味噌と一緒に放り込む。

そのまま鍋を持ち上げ、囲炉裏へ運び、自在鉤《じざいかぎ》に引っ掛ける。そしてまた、土間にしゃがみ込み、竈の火に見入った。釜《かま》の蓋《ふた》が鳴りだした。男は火加減を見、ゆっくりと腰を伸ばした――。

男はもそもそと、遅い夕餉《ゆうげ》を始めた。

囲炉裏の火の爆《は》ぜる音以外、何もない。味噌汁を啜《すす》る男の息だけが、生き物のしるしだった。

こんな暮らしが何年続いているのだろう。

両親が死に、一人きりになって、それからとうに十年以上は経《た》っている。ほんの少しの田んぼと畑を黙々と耕し、毎日の暮らしには困らないが、ただそれだけだ。格別の変化もなく、男は日々を暮らし、齢《よわい》は四十の坂を越えていた。

食べるだけ食べると、他にすることはない。冬の夜なべ仕事をするにはまだ早い。今夜は酒もない。男はごろりと囲炉裏端に横になった。

パチパチと爆ぜる薪《まき》の音。それが心をなごませる。男は薪の音を聞くともなしに聞きながら、うとうとしていた。

小半刻《こはんとき》も経ったただろうか。

「よう、いるか!」

表戸を威勢《いせい》よく叩く音がした。

近所に住む幼なじみの声だった。男は土間に下りて板戸を開けた。

「へへっ。今日行商に行って、町でこいつを手に入れたんでな。久しぶりに飲もうと思って寄ったのさ」

幼なじみは、小さな酒樽《さかだる》を目の前で振ってみせた。

「や、そいつはありがたい。まあ、上がれよ」

すぐに酒盛りが始まった。茶碗になみなみと注がれた酒をぐいとやると、五臓六腑《ごぞうろっぷ》に沁《し》みわたった。

しばらく、あれこれと世間話をしながら飲んでいたが、幼なじみは、ふと真顔になった。

「おまえなぁ、そろそろ嫁さんをもらえよ」

男は口に運びかけた茶碗《ちゃわん》を持つ手を止めた。

「……」

「なぁ、わびしいじゃねえか。そりゃあ、気楽かもしれねえが、おまえだってもういい年なんだ。俺がいい女を世話してやろうか。まさか、女嫌いってわけでもないんだろう?」

「そうさな……」

「まあ、女もうるさいといえば、口うるさいが、やっぱりいいもんだ。どうだ、所帯をもっちゃあ」

「……だがな、この年まで一人でいると、何だかもう、面倒でな。それに嫁をもらったら食わせにゃならん」

「そりゃそうだ。だが、それも張り合いになるってものさ。一人で真っ暗な家にいるよりゃ、ずっといい」

「いや、俺は自分一人食うので精一杯だ。そりゃあ、飯を食わない女がいたら嫁にもらってもいいがな」

「そんな女がいるかよ」

「だろう。だから、嫁はいらんのさ」

「なんだ、偏屈な野郎だな」

幼なじみは、あきれて笑いだした。

❖甘美な夜を紡《つむ》ぐ旅の女

一週間が過ぎた。

男は黙々と畑を耕し、稲を刈った。笠の下で汗にまみれた顔を拭《ぬぐ》い、腰を伸ばす。秋も終わりだ。手ぬぐいを肩に、鼻歌をうなりながら家路についた。

遠くに人影が見えた。男の家の前に佇《たたず》んでいる。女だ。どうやら旅姿らしい。男は足を早めた。

「どちらさんで?」

振り返ったのは、若い女の顔だった。抜けるように色が白い。

「旅の者でございますが、行き暮れまして……今晩一晩、泊めていただくわけにはいきませぬか」

男は目を見はった。すぐには言葉も出ない。もう何年も、こんな美しい女を見たことがなかった。

「あの、……ご迷惑でしょうか」

女の声に、我に返った。

「あ、ああ、いや。泊めても構わんが、うちは一人暮らしで、何もないが」

女はにっこりと微笑んだ。

「構いませんとも。泊めていただけるだけでありがたく存じます」

「そ、そうかい」

男は急いで表戸を開け、女を招き入れた。胸が高鳴った。

「すぐに、飯の仕度《したく》をするから……」

囲炉裏に火をおこしながら、男は口早に言った。

「いいえ、お構いなく。私は何もいりませぬ。それより、私が何か作りましょう」

女は手早く旅装を解くと、男が止める間もなく、土間に立って甲斐甲斐《かいがい》しく立ち働き始めた。男は手持ちぶさたになり、囲炉裏端に座り込んだ。

飯の仕度ができた。

「お口に合いますかどうか」

家に大したものがなかったおかげで、飯と野菜の味噌汁だけの膳《ぜん》になった。しかし、男には夢のような馳走《ちそう》に思えた。湯気が温かく鼻をくすぐる。女は何を食べるでもなく、ただ微笑みながら男の食べるさまを見ている。

「うまい。あんたも、食べたらどうだね」

女は首を振る。

「何も食わないのかね」

女は優しく目を細めながら、男に二杯目の飯を盛っている。

(不思議な女だ。だが、なんて美しいんだ。まるで家の中が、照り輝くようじゃないか。こんな女もいるのだな)

夜が更《ふ》けるのが早かった。

男は無口になった。女は黙って男を見つめている。その目が一瞬、濡《ぬ》れて光ったように思えた。男は思わず女の腕を引いていた。女は逃げなかった。気負い立つ男をあやすかのように、そのたおやかな腕をからめ、どんな求めにも応じた。

半刻後。二人は肌を寄せ合ったまま横になっていた。

男は女の胸に顔を埋《うず》め、余韻を楽しむかのように静かに女の乳首を弄《いら》っていた。女の着物は脱ぎ散らされ、火勢の消えた囲炉裏端に花のように散っている。男は不意に顔を上げ、ずり上がるようにして女の髪の匂いを嗅《か》いだ。女はゆっくりと瞼《まぶた》を上げ、下から男の目をじっと見上げた。深い慈愛のような光が女の双眸《そうぼう》に宿っている。

「お前様、私をここへ置いてください」

男は、耳を疑った。

「俺のような、冴《さ》えない中年男と暮らそうっていうのか」

「夫婦《めおと》になってくださいませ」

「そりゃあ、お前のような美しい女が嫁になってくれれば……。だが、俺は銭もないし、お前を食わせていけないかもしれんぞ」

「私、食べなくても平気なのです。さっき、ごらんになったでしょう」

「しかし、ずっと食べないわけには……」

「大丈夫なんですよ。それとも、お前様、私が嫌いなの？」

「そんなことはない。愛しい、と思うよ」

「うれしい、お前様のお世話ができる」

女は男の胸に顔を埋めた。男は、それ以上、何も言えなかった。

こうして、二人は夫婦になった。約束通り、女は何も食べない。そして、朝から晩までせっせと機《はた》を織《お》る。夫が帰ってくる頃には、温かい夕餉の仕度をして待っている。それればかりではない。爪を切り、髪を撫《な》でつけ、風呂に入れて全身を丹念に洗う。夫の世話を焼くのが楽しくて仕方がないらしい。

そして、夜はことのほか甘美だった。男は女を貪《むさぼ》り、女は男の野性を楽しむかのようにすべてを与えた。女の豊かな胸に頬《ほほ》を埋め、まどろみの中で夜明けを迎えるたびに、男はこの上もない幸せを感じた。

もう女なしには過ごせなかった。家に帰るなり、女房にすがりつきたくなるほどだった。男の切望を軽くいなしながらも、女は決して拒《こば》まない。男を抱きしめ、子どもをあやすように優しくその背を撫《な》でる。

男は蜜《みつ》のように甘い生活に浸《ひた》りきった。

❖美しい女房の奇妙な行動

数週間が過ぎた。

男が若い女房をもらったというのをどこで聞きつけたのか、幼なじみが夕餉どきに立ち寄った。

「おい、聞いたぞ。若くて美人の嫁さんをもらったというじゃないか。この野郎、いつの間に」

「いや、俺も急なことで、お前に知らせる間もなかった。別に祝言《しゅうげん》をしたわけでもないんでな」

声高に話していると、当の女房がやって来た。

「いらせられませ。ただ今、白湯《さゆ》などお持ちいたしましょう」

丁寧に頭を下げると、土間に引っ込んだ。そのあまりの美しさに、幼なじみは思わず男の脇腹をつついた。

「おい、いい女だなぁ！　その上、たいそう若いじゃないか」

「うむ、まあな」

男は照れ臭げに頭をかきながら、女房の背中に声をかけた。

「おい、白湯はいいから、酒を少し買ってきてくれ」

「はい」

女房は、すぐに家を出ていった。

「お前、女房に飯を食わす余裕はないから、もらわんと言ってたじゃないか」

「いや、不思議なことなんだが、あの女、何も食わないんだ。よく働くし、俺も重宝してるんでな」

「なんだって。何も食わねぇのか？　信じられんな」

「本当なんだ。まあな、俺も所帯を持って、しみじみ女はいいと思ったよ。一人じゃ家に帰ってもすることがないが、やはり家に灯りがともっているというのは、いいものだ」

「こいつ、盛大にのろけるな」

夕餉が始まり、酒盛りになった。だが、女房は例によって何も口にしない。ただニコニコと二人の男の相手をしているだけだった。

半刻も経つと、幼なじみは晩飯は家でとるからと男の家を出た。帰るとさっそく、己《おのれ》の女房に話して聞かせた。

「ほんとに、何も食わねぇんだ。おめえみてぇな、大食らいとはわけが違う。ありゃ、きっと身分のある家の出なんだろう。若くて美人で、その上、もう立ち居振る舞いがたおやかでなぁ」

女房は、子どもに飯を食べさせながら聞いていたが、あんまり亭主が女を持ち上げるのでむかっ腹を立てたのだろう、つっけんどんに言った。

「ふん、なんだい。そんな神様みたいな女がいるもんかい。何も食べないだって？男の前で格好つけてるだけに決まってるさ……。そう言やぁ、あの人の家のところに魚屋が来ていて、若い女が買物してたけどさ。あたしが見たときは、鰯《いわし》を二十尾も買ってたよ」

「鰯を二十尾？　祝い事でもあったんだろうさ」

「そうかねぇ」

翌日、行商から帰ってくると、女房が待ちかねていたように飛び出してきた。

「ちょいと、あんたの友だちんとこの嫁さん、今日も魚屋からたくさん買ってたよ」

「なんだい、のぞき見でもしてるのか。みっともねぇ真似するな」

「だって、あんた。今日は鱈《たら》を三尾だよ。そう何日も祝い事でもあるまいし」

「……ふぅん。そりゃ確かに、ちょいと変だな」

「そうだろう。一体どういうことなんだろうね。まさか、亭主の留守に、それ、全部食っちまってるんじゃないだろうね、それじゃまるで化け物だよ」

女房はくすっと笑うと、土間に下りていった。

幼なじみはじっと腕組みをして、考え込んでしまった。

あくる日、行商に出かける前に、幼なじみは男の畑に寄った。男を見つけると、強引に農具小屋の物陰に連れていった。

「実はな、俺の女房がこれこれこう言うんだ。お前の女房、ちょっとばかり変なんじゃねぇか？」

男は仰天した。

「信じられねぇ。俺が帰ったときはそんな気配はないし、俺と一緒のときは何も食わねぇぞ」

「どだい何も食わねぇ人間なんか、いやしねぇんじゃねえか？　ちっと調べてみちゃどうだ」

「調べるって、どうやって？」

男は半信半疑の面持ちで、幼なじみの言葉を待った。

「明日、仕事に行くふりをして、こっそり家に帰り、何をしているか見てみようじゃないか。俺も一緒に行ってやるよ」

「……だけど、そこまでしなくてもいいんじゃないか。そりゃ、あいつだって多少は何か食わなきゃ生きてられないから。俺に何も食べ物はいらないと言った手前、恥ずかしいんで、こっそり食ってるだけなんじゃないか」

「そんなかわいい量じゃないようだぜ。誰が鰯二十尾だの、鱈三尾だのを一日で食うんだ。だいたい、お前が家に帰ったときは、魚は何も残っていないいんだろう？」

「うむ……」

そう言われてみれば、米が減るのが異様に早いような気もする。男は渋々ながら幼なじみの説得に応じた。

明くる朝、男はいつもと同じように家を出た。女房は外に出て見送っていたが、すぐに家に入った。しばらくすると、機織《はたお》りの音が聞こえてきた。

畦道《あぜみち》の脇の木陰から幼なじみが手招きした。二人は足音を忍ばせて家の裏手に出た。

昨夜のうちに密かに用意しておいた梯子《はしご》をそっと掛け、茅葺《かやぶ》きの屋根に上った。明かり取りの格子《こうし》をはずし、棟木《むなぎ》を伝い、太い梁《はり》にとりつく。息を詰めて下の様子を窺《うかが》ったが、女房はいつものように相変わらず機を織っている。

❖ぱっくり裂けた後頭部に……

そのまま二人は待った。

昼過ぎになると、女房は機織りをやめて表へ出た。

女房の声が聞こえてくる。どうやら、魚屋から買物をしているらしい。すぐに板戸の開く音。見下ろすと、女房は魚を入れたたらいを囲炉裏端近くに投げ出し、土間に立っていく。たらいの中を見ると、活きのいい鯖《さば》が七尾も入っている。

間もなく飯を炊く煙が竈から上がりだした。女房は火吹き竹でせっせと火を燃やしているらしい。なかなか顔を見せない。

飯が炊き上がったようだ。女房は釜ごと抱えて来て、そのまま囲炉裏端に座り込んだ。何をするのかと見ていると、片っ端から握り飯を作りだした。一升はあろうかという飯が、見る見る山ほどの握り飯に変わっていく。

(あんなに食えるものか?)

男は唖《あ》然として見守っていた。食わないどころか、とんでもない大食い女だったようだ。

(俺はすっかり騙《だま》されていたらしい……)

女房は握り飯を作り終えると、やおら髪を解きだした。そして、ちょうどぼんのくぼ(首の後部中央のくぼんだところ)辺りに握り飯を投げ込むようにしている。大量の握り飯が次々と消えてゆく。

（なんだ、何をしているんだ？）

男は身を乗り出すようにした。幼なじみも同様だ。

女の頭の後ろに、奇妙なものがちらりと見えた。

（なんだ、あれは？　まさか……）

女房はたらいの鯖に手を伸ばした。捌《さば》くでもない。丸のまま腹をわしづかみにすると、またしてもぼんのくぼに持っていく。

（……！）

見えた。異様に長い二本の牙《きば》が魚に食らいついていた。飢《う》えきった獣のように獲物にかぶりつき、嚙《か》みちぎっている。頭の後ろに、もう一つ口がある！　それも、人間のものとは似ても似つかない、得体の知れない口だ。

そのときだった。

「う、うわあぁ！」

幼なじみが突然、声を上げた。男があわてて口を押さえようとしたが、遅かった。梁をつかんでいた腕が滑り、幼なじみはあっという間に下の囲炉裏端に転げ落ちた。その裾《すそ》をとらえようとした男もまた、引きずられるように転落した。

二人は女の前に尻をついていた。

女は驚いた様子も見せず、ただ凍りついたような瞳で二人の男を凝視している。

「見たんだね」

先に腰を浮かし、逃げ出したのは幼なじみだった。

だが、女房の動きは素早かった。鯖を投げ出すと、やにわに幼なじみの腕をつかんでぐるりと頭を回した。後頭部には、まるで女の白い太股を出刃で抉《えぐ》り、引き裂いたような禍々《まがまが》しい口があった。

大量のよだれと火のような瘴気《しょうき》。

その口が幼なじみの胸に食らいつき、一気に切り裂いた。そして鋭い牙が首筋に噛みつき、頸動脈《けいどうみゃく》を断った。

絶叫がした。だがそれも、噴《ふ》き出した血しぶきの中、すぐにかき消された。

頭がもぎとられ、顔面は左右に引き裂かれた。眼球が飛び出し、床に転がった。鼻骨はもげ、ちぎれ飛んだ。

息を荒らげ、堰《せき》を切ったように、女房は幼なじみの顔面を貪《むさぼ》っている。

（………）

夫はすくみあがり、なす術《すべ》もない。全身が瘧《おこり》のように震え、生温かいものが下半身を濡らした。

女房は、ほとんど骨だらけになった頭部を投げ出すと、今度は腕をちぎり、肉をかじり、骨をしゃぶった。後頭部の口がその凶暴な食欲を満たしている間、女房の正面の顔は能面のようにおだやかだった。その口元はかすかに微笑んでいるようにさえ見える。邪悪の影すらない。目は半眼に閉じられ、夢見るような至福の表情が色白の美しい顔に湛《たた》えられている。

後頭部の口から伸びた長い舌が、血にまみれた己の口のまわりを舐《な》めまわしている。満足したらしい。今度はゆっくりとした動作で、床に投げ出されていた幼なじみの頭部にかろうじて残っていた両の耳をひきちぎり、さも大事そうに懐に入れた。

「これが一番美味《おい》しいからね。あとでゆっくり食べるんだよ」

初めて後頭部の口が言葉を発した。その声は、地の底から吹く凍《い》てついた風のように割れていた。

それまで無表情だった正面の顔が、呼応するかのように満面に笑みを広げて言った。

「そうだね」

男はあまりのおぞましさに床にへたりこんでしまった。

幼なじみをあらかた食べつくした女房は、ゆっくり男のほうに向き直った。

（……！）

言葉にならなかった。這《は》うように尻で後ずさりした。

「お前様、どうしなすった」

美しい顔に凄艶《せいえん》な微笑が浮かんでいる。白い豊満な胸元には、ちぎりとられた幼なじみの耳の血糊《ちのり》がべっとりついている。

「かわいい女房の私を、なぜそんな目で見るの」

女が一歩、歩を進めた。

「く、来るな！」

男は半狂乱になった。夢中で腕を振り回した。その腕が囲炉裏の灰にまみれた。火《ひ》箸《ばし》が手に触れた。

（……真っ赤に焼けた火箸がある！）

夢中でそれをしっかりと手に握った。

なおも女は迫る。

「毎夜、私に抱かれて寝たがるのは、お前様じゃろう。さあ、こっちへおいでなされ」

冷たい微笑に、男の背筋は凍った。

と、女の髪が一本、また一本と逆立ち始めた。ざわざわと風が巻き起こり、長い髪は空間に広がり、舞った。女の脇の下から何かが生え出してくる。黒と黄色の毒々しいまだら模様の前脚のようなものだった。びっしりと剛毛が生えている。

蜘蛛《くも》だ！

（こいつは蜘蛛の化け物なんだ……）

❖巨大な怪物蜘蛛《ぐも》の断末魔

男が新たな恐怖にわしづかみにされたとき、空間に舞う女の長い髪が、顔といわず、手足といわず、体中に蛇のように巻きついてきた。恐ろしい力で締めつけられる。いくら足を踏ん張っても、じりじりと引き寄せられる。男は苦しげにうめいた。

「ふふふ。もう少しお前様と暮らしていたかったのだけど。お前様の世話をするのはなかなか楽しい仕事だし、なにしろ飯も魚も食い放題だからね。でも正体が知れてしまっては仕方がない。お前様は私のかわいい男。特別念入りに、骨も残さず食べてあげようぞ」

その瞬間、男は夢中で火箸を女の目に突き刺した。

すさまじい悲鳴が上がった。飛びすさる女。髪がほどけ、男は床に投げ出された。すかさず、もう一本の火箸を囲炉裏から引き抜いた。

今やすっかり本性をあらわにした女が突進してきた。男は渾身《こんしん》の力を込めて、女の胸に火箸を突き立てた。

女は獣《けもの》のように唸《うな》ると、たまらず外へ飛び出した。血をしたたらせたまま走った。走れば走るほど女は見る見る巨大な蜘蛛の姿になっていく。

森へ分け入った。

男はまさかりを手にあとを追った。今、倒さなければ、のちのちどのような禍《わざわ》いが起きるかわからない。

(殺せ、殺すのだ)

森のはずれの菖蒲《しょうぶ》が茂る沼地に出たが、姿は見えない。水に潜《もぐ》ったのか。沼は浅い。

男がまさかりを握りしめて、沼に一歩足を沈めたときだった。巨大な蜘蛛が水中から躍り出てきた。その巨体からは想像できない跳躍を見せ、男に襲いかかった。長い前脚が男の首を押さえつけた。まさかりが投げ出された。

（もう駄目だ！）

蜘蛛は男を沼に引きずり込んだ。泥と水が容赦なく男を襲う。男は激しくもがき、苦しさに指をひきつらせた。そのとき指が何かに触れた。あまりにも頼りない感触だったが、無我夢中で男はそれを引っ張った。

男がつかんだのは、数枚の細長い菖蒲の葉だった。絶望が男の気力を削《そ》ぐ。男はそれを握りしめたまま、蜘蛛のなすがままにされていた。

意識が混濁する。

（ああ、このまま死ぬのか……）

だが、そのとき意外なことが起こった。蜘蛛が絶叫を放ちながら、男から離れたのだ。男は激しく咳《せ》き込み、這《は》うようにして水から上がった。蜘蛛は狂った獣のように、沼をころげ回っている。

一体、何が起こったのか。

ふと手を見ると、握りしめた菖蒲の葉に蜘蛛の脚の一部と体液らしきものがこびりついている。しかも、その脚は泡を発し、半ば溶けている。男は自分の目を疑った。菖蒲が化け物の体を溶かしたのか？

蜘蛛はまだ狂い回っている。だが、やがてその巨体も、断末魔とともに沼に沈んだ。おそるおそるその死骸に近寄ってみた。六尺近くはあろうかというその巨体は、見るも無残にただれ、溶け崩れている。尻から吐き出された無数の糸が水面に大きな輪をいくつも広げていた。

黒い腹が動いた。見ると、その腹に卵から孵《かえ》った子蜘蛛がびっしりまとわりついている。ざわざわと蠢《うごめ》く不気味な幼体の群れ。

男は新たな恐怖にかられ、沼に飛び込むと手当たり次第に菖蒲を引き抜いた。そして子蜘蛛たちに投げつけた。見る見る子蜘蛛たちが溶けていく。異臭が漂《ただよ》い始めた。

男は吐き気を抑えながら、急いで沼から上がった。

数本の菖蒲を手に、男は逃げるように家路についた。

だが、男は知らなかった。たった一匹だが、生き残った子蜘蛛が母の残した糸にすがり、音もなく沼を抜け、森の暗がりに消えたことを……。

そして、それが雌蜘蛛《めすぐも》であることも。

■原典『日本昔ばなし』を読む――食わず女房■

男の〝母胎《ぼたい》回帰願望〟と女の秘められた〝業《ごう》〟

「何も食べない」妙齢の美女の正体が、「何でも食べる」恐ろしい化け物だったという、あっと驚く展開のこの物語は、全国に分布しているたいへんポピュラーなものです。しかし、関東・東北地方では化け物の正体が蛇《へび》あるいは山姥《やまんば》となっているのに対し、関西・九州地方では大蜘蛛《おおぐも》となっているという特徴があります。

蛇の伝承では、夫の目を盗んで首から上だけ蛇に変化して大酒を飲んでいたとか、座敷一杯にとぐろを巻いて広がっていたなどの話があり、山姥の話では、正体を知られて夫を桶《おけ》に投げ入れて山へ入るという話が主流です。

この蛇・山姥タイプの化け物は、蓬《よもぎ》と菖蒲の魔を払う力によって撃退されることになっており、ここから端午《たんご》の節《せっ》句《く》に蓬と菖蒲を飾るのだ、という因縁話になっています。

ちなみに、蓬と菖蒲は独特の香気によって魔を打ち砕くもの、という民間伝承が洋の東西を問わず、かなり古くからあるようですが、実際に薬効があることも知られています。

蓬はお灸《きゅう》をすえる「もぐさ」の原料ですし、漢方でも鎮痛・止血・強壮剤として広く使われており、とくに婦人病に効能が高いことで有名です。

これはヨーロッパでも同様で、蓬は月の女神アルテミスの聖なる草と呼ばれ、不妊その他の婦人病の特効薬として知られてきました。

一方、菖蒲も世界的に広く分布しており、その薬効も早くから知られていました。やはり鎮痛剤としての効能が高いのですが、その他、健胃作用も強く、芳香性健胃薬として利用されてきました。

日本では、万葉集の時代にはすでにその薬効および民俗が中国から伝えられており、平安貴族も邪気を払うものとして、端午《たんご》の節句には菖蒲を薬玉《くすだま》にして飾ったと伝えられています。

それでは、蜘蛛の伝承ではどうかといいますと、やはり、夫を桶に入れて山へ入るのですが、途中で逃げられてしまいます。「夜になったらつかまえてこよう」と仲間と相談しているのをこっそり聞いた夫は、夜、囲炉裏《いろり》の自在鈎《かぎ》を伝って下りてきた蜘蛛を殺し、無事に化け物退治をします。

　この伝承では、「夜の蜘蛛は、たとえ親に似ていても殺せ」という言い伝えのもとだ、という説明がなされています。

『食わず女房』の物語は、山姥あるいは山の神からの逃走譚《とうそうたん》の一つの類型と考えられます。蛇や蜘蛛も、山姥と同様に、山の神を象徴する存在ですが、そもそも山姥あるいは山の神とは何でしょうか。これは古来、「母性そのもの」の暗黒面を示すものだったといわれています。

　ここに採用した『食わず女房』では、女性に寄せる男の母胎回帰願望が垣間見えます。女に甘えることにより、男はこの上ない幸福感に酔い、このまま永遠にこの状態が続いたら……と甘い夢に浸ります。女の胸の中で子どもに還《かえ》ること、それは男の至福の瞬間なのかもしれません。

　しかし、限りなく無償の愛を与え、その上、自らは何も欲しない（何も食べない）聖母のような女性たる女房は、実はその強烈な自我によって、男を、ひいては自らの子すら飲み込むほどの強烈な自我を隠し持っていたのです。

　女の本性が明らかになったとき、それは、底知れぬ恐怖そのものが呼び覚まされるときだったのです。

女を神秘と感ずるのは、いつの世にも変わらぬ男の性《さが》のようですが、神々しいばかりの美しさ、母のごとくすべてを包み込む優しさの背後にあったのは、単に神秘という言葉では言い表せない、女の秘められた「業」なのかもしれません。

それは、あるいは人間という存在そのものの心の奥に潜む魔的なものの象徴ともいえるのではないでしょうか。その業の深さを、蛇や蜘蛛、あるいは山姥として描いたのが、この『食わず女房』と言えるでしょう。

『食わず女房』と同様の物語は、ヨーロッパや西インド諸島などでも語り伝えられています。面白いことに、アメリカ先住民族のスー族にまで同様の伝承があります。

スー族の物語では、四人兄弟のもとにやってきた娘が、兄弟に隠れて袋から人間の耳を出して食べており、その正体は森の邪悪な精霊だったというものです。

何も食べない女など、この世に存在するはずもなく、それにうかうかとのせられた男がとんでもない化け物を女房にしてしまい、災難に遭うという基本線は世界共通のようです。

因縁的説明はともかくとして、有り得《う》べからざるものに確かなリアリティを与えることにより、日常生活に潜む異界の深淵《しんえん》をうかがわせる、よくできたストーリーといえるでしょう。

蛇足ですが、髷《まげ》を結《ゆ》っていた時代には、女性の頭、とくに頭頂部に禿《はげ》ができることが多かったそうです。

夏目漱石《なつめそうせき》の『吾輩《わがはい》は猫である』の中でも、苦沙弥《くしゃみ》先生が洗い髪の細君の頭に大きな禿があることを発見し、ひどく驚くシーンがあります。細君の弁によると、「女は髷に結うと、ここがつれますから、誰でも禿げるんですわ」とのこと。この禿げた部分がつややかな長い黒髪の間から堂々と見えていたりしたら、それこそ『食わず女房』の後ろの口のようだったかもしれませんね。

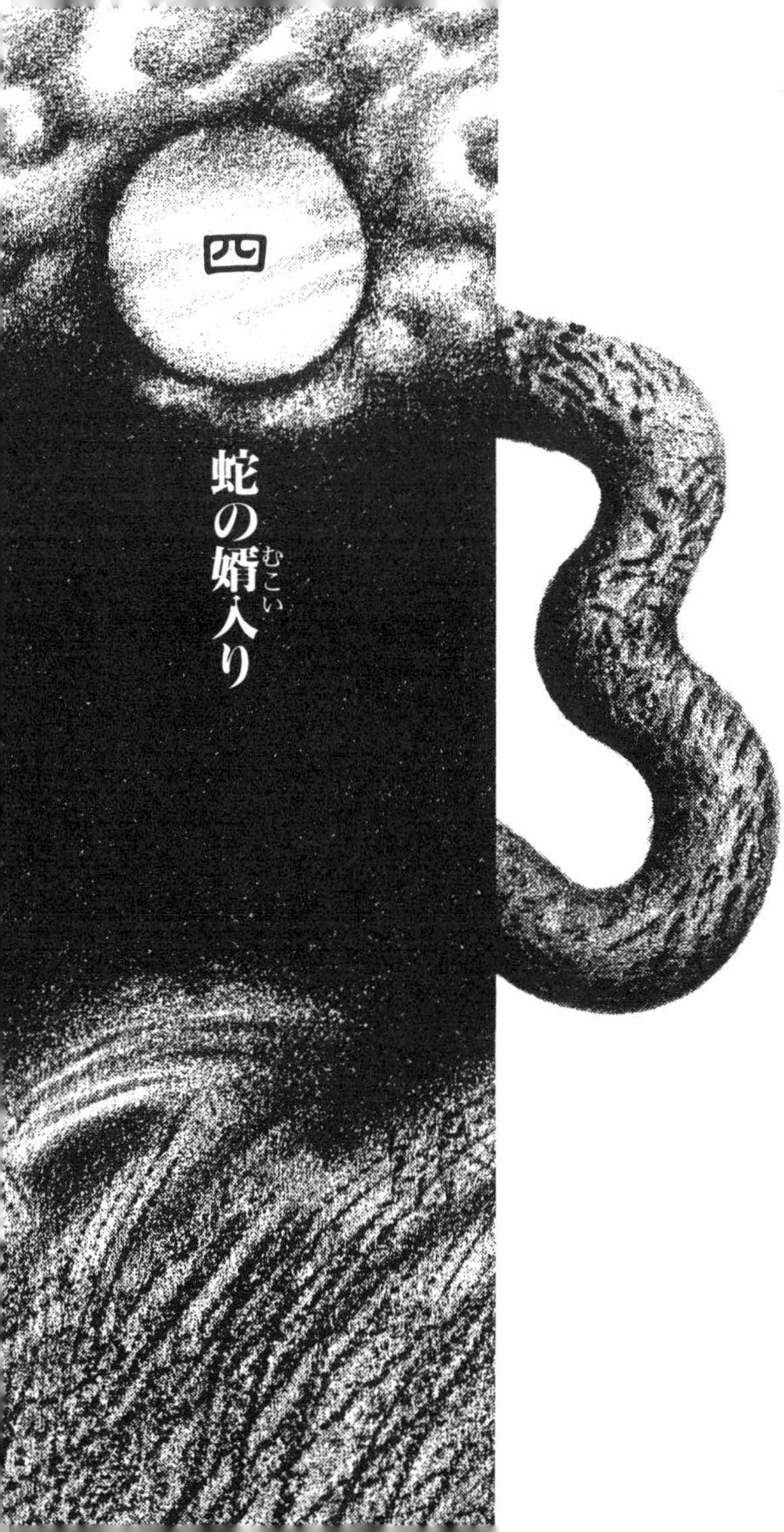

四

蛇の婿《むこ》入《い》り

「この縁談もイヤだと言うのか」

庄屋が念を押すように聞くと、娘はすまなそうに小さくうなずいた。口《くち》許《もと》をきつく結んだまま、それ以上何も言おうとしない。庄屋とその妻は、改めて娘の頑固さにため息をついた。

今年十六歳になる庄屋の一人娘は、村でも評判の器量よしで、肌は白菊のように白い。ふっくらとした頰《ほほ》は桜の花びらのように淡く色づき、豊かな黒い髪は滝のように流れている。求婚する男があとを絶たなかったが、一人娘であるため、親は嫁入りではなく、婿《むこ》入りを望んでいた。

早く婿を迎えて一家の安泰をはかりたい親の思惑をよそに、娘は縁談を断るばかりだった。身に余るほど立派な家柄の男が相手であっても、娘は男と会おうともしない。日頃、気立てのおとなしい娘のどこに、そんな意志の強さが隠れていたのか。両親は驚いたり、呆《あき》れたりしていた。

娘が自分の部屋に戻ったあと、妻が小声で言った。

「あなた、やはり、いるのですよ」

「いる？」

「だから、男の人ですよ」

妻は、言いにくそうに言った。

「いつの間に。お前は自分の娘に男が通ってくると知りながら、放っておいたのか!」

庄屋は血相を変え、声を荒らげた。

「めっそうもない。私は何も知りませんよ。ただ、あの子の様子を見ていると、そうじゃないかと思っただけで」

妻は慌てて言い訳をした。実際、妻に確信があったわけではない。ただ、娘の部屋から夜、物音が聞こえたり、朝、娘の部屋の前の廊下になぜか濡《ぬ》れた跡があったり、不審な点はいくつもあった。

「これは大事なことだ。しっかり確かめておくんだ」

庄屋は苦々しい顔をつくり、腕組みをして言った。

❖夜毎《よごと》現れる呪術的視線を持つ男

その夜、母親は娘の隣の部屋に潜《ひそ》み、襖《ふすま》をわずかに開けて廊下の様子を窺《うかが》っていた。

夏は終わりに近づいていたが、まだ暑さが残る。背中に、じっとりと汗がにじんだ。深い闇にあたりが静まり返る丑三《うしみ》つどきだった。ギイーッと玄関の表戸が開き、生暖かい風が吹き込んだ。そのあと、足音もなく人影が廊下をよぎった。

蒼白《あおじろ》く射《さ》し込む月の光に浮かんだのは、若い男の姿だった。赤い手拭《てぬぐ》いでほおかむりをしている。上背があり、体格がよく、仕立てのいい縞柄《しまがら》の着物をまとっていた。一目で身分の高い男だとわかる。

男は娘の部屋に消えた。母親は足音を忍ばせて廊下に出た。娘の部屋に近づき、襖のわずかな隙間から中をのぞいた。

男は細面《ほそおもて》で端正《たんせい》な顔だちをしていた。とりわけ、切れ長の目に特徴があった。一度見入られたら動けなくなるような、力のある目だった。しかも、まったくまばたきをしない。

娘は、まるで男の視線の呪術にかかったように、うっとりした表情で衣服を脱ぎ始めた。

男は、よく発達した長い手足全体で、床に入った娘を強く抱きすくめた。娘は身をよじり、体を逸《そ》らせ、男の腕の中で応えた。

（……！）

妻は、これまで見たこともない激しいねやごとの現場を目の前にして、ただ唖然《あぜん》とするばかりだった。

夜が明ける前、疲れ果てて死んだように眠る娘をよそに、男は身支度《みじたく》を整えて帰っていった。男が通ったあとの廊下には、水に濡《ぬ》れた跡が残っていた。手で触れてみると、ぬめりを帯びた奇妙な濡れ跡で、点々と玄関まで続いていた。

翌朝、庄屋は妻から男の存在を聞いて頭を抱えた。まだほんの子どもだと思っていた娘が、いつの間にか親の目を盗んで男を通わせている。平静ではいられなかった。

「その男、いったいどこのどいつだ」

「それが、見たことのない顔なんですよ」

妻は首を傾《かし》げた。男の顔ははっきり覚えている。特に、あの目の強烈な印象は、今も鮮明に残っている。しかし、男の身元にさっぱり心当たりがなかった。

「そんな馬鹿な話があるか。近在の男衆なら見当はつくだろう。まさか行きずりの男を見境なく引っぱり込んだわけでもあるまい」

庄屋の言葉に、妻は大きく頷《うなず》いた。あれだけ深い仲になるには、昨日今日のつき合いではあるまい、と。

とにかく、娘から男の素性を聞き出し、早々に婚礼の儀を整えよう、子どもを孕《はら》んでからでは遅い、と夫婦の意見は一致した。

さっそく、夫婦は娘を部屋に呼んだ。娘は顔色が悪かった。このところ、体調がすっきりしないという。

夜毎、あのような激しい房事《ぼうじ》に及んでいては、疲れも溜《た》まるだろう。喉元《のど》まで出かかった皮肉を、母親は飲み込んだ。

「お前の部屋に、真夜中に男が通っているだろ?」

母親は、努めて淡々と尋ねた。

「私、知りません」

娘はそう言ったきり、うつむいて口をつぐんだ。身じろぎもしない。

「そんなはずはないだろ。ゆうべ、見たんだよ。背の高い男がお前の部屋に入っていったのを」

娘ははっとして顔を上げた。母親は娘から視線を逸《そ》らさず、ほら見なさいと言わんばかりに、「本当のことを言いなさい」と目で促した。娘は観念したように、男が部屋に通ってくることを両親に認めた。

「あの男は、どこの誰なんだい？」

と、母親は聞いた。

「知りません」

「知らないってことはないだろ。叱らないから言ってごらん」

「本当に知りません」

娘は真顔で言った。

「じゃあ、お前はあの男とどこで知り合ったんだい？」

ようやく、娘は重い口を開いた。今年の春先、山菜採りに行った山の雑木林の中で偶然、男に出会い、じっと見つめられ、身動きできなくなった。それから、男が毎夜のように通ってくるようになったのだという。

「どこの誰とも知らぬ男と、お前は契《ちぎ》っているのか！」

突然、父親が口をはさんだ。

「私だって、あの人が誰なのか知りたいと思っています」

男は決して素性を明かそうとしない。無理に聞き出そうとすれば、恐ろしい目で睨《にら》み、不機嫌になる。その眼つきはどこかで見たような気がするが、思い出せないという。

娘がそれ以上の隠し事をしている様子はなかった。男の素性を知らないのは本当らしかった。両親は、これ以上問い詰めても埒《らち》があかないとわかると納得し、はて、どうしたものかと顔を見合わせた。

❖縫《ぬ》い針が明かす魔物の正体

「その男なら、魔物に違いないよ……」

村外《はず》れのあばら家に住む八卦置《はっけおき》の老婆は、庄屋の妻に断言した。破れた障子戸から西日が射し込む。無数の皺《しわ》が刻まれた顔に、朱色とはちがう濃い赤みが浮かんでいる。老婆は村人がめったに寄りつかないこの家で、たった一人で住んでいる。

村の男たちは、この老婆を嫌っていた。とりわけ庄屋は、「いかがわしい、いかさま婆《ばばあ》」と決めつけ、毛嫌いしていた。

それでも、村の女たちは、困ったことがあると、こっそり老婆を訪ねていた。

庄屋の妻が夫の目を盗んで相談にやってきたのは、この日が初めてだった。

「ま、魔物ですか？」

老婆の言葉に、母親は目を丸くした。

「だいたい、おかしいじゃないか。身分のあるお人がお忍びで通うのに、赤い手拭いで顔を隠すかい。そんなことをしたら余計に目立つじゃろが」

老婆は、母親の顔を覗き込むような表情をし、

「男が本当に魔物か人間か、見分ける方法を教えよう」

と言った。

母親は半信半疑で老婆が言う、その方法を聞いていた。

それでも、家に帰ると、娘を呼んで説得した。

「あの男は魔物が化けた仮の姿かもしれないから、用心せねばならない。だから、これから言うことをよくお聞き」

そう言って、母親は、老婆から教わった方法を娘に伝えた。

「今夜、男が来たら、着物を脱ぐ前に背中を触ってみるんだよ。着物の縫い目があれば人間だ。もし縫い目がなければ、着物はまやかし。魔物の化身なんだよ」

娘は、真剣な眼差《まなざ》しで母親の話に耳を傾けていた。

「縫い目がないときは、男の着物の裾《すそ》に、この縫い針を刺すんだ」

と母親は言うと、娘に長い糸を通した縫い針を渡した。

男の態度に不安を感じていた娘は、素直に母親の話を聞き入れた。縫い針を枕の下に隠して夜を待った。

その夜の丑三つどき。

生暖かい風がどこからともなく吹き、赤い手拭いで顔を隠した男が、音もなく忍んできた。

男を部屋に迎え入れたあと、娘は男に抱きつくふりをして、男の背中に両手を回した。そして、着物の縫い目あたりを手さぐりした。しかし、あるべきはずの縫い目がない。

(縫い目がない……！)

娘の全身に衝撃が走った。なおも着物の縫い目をさぐる娘の指先が、何か固いものに触れた。

(これは……？)

娘は丹念に指先で辿《たど》っていった。すると、何か得体の知れないものが、ぱらっと剥《は》がれた。娘が手にとって男の首ごしに見入ると、それは手の平ほどの大きさで、薄く透きとおっている。形は魚の鱗《うろこ》に似ていた。

（……！）

娘は心の中で悲鳴を上げた。ここで騒ぎ立てたら、何が起きるかわからない。娘は、男に悟られないよう注意を払いながら、その晩も男と肌を合わせた。

男はいつものように、長い手足を娘の体の隅々にまで這《は》わせた。昨夜まで娘を甘美の淵《ふち》に誘ったひんやりとした男の肌ざわりは、この夜は不快でしかなかった。娘の体は小刻みに震え、全身に鳥肌が立った。娘は、ただ時が早く過ぎるのを祈る気持ちで目を閉じていた。

男は、娘の様子がいつもと違うのに気づいたようだった。

「どうして、お前は震えているのだ」

男が聞いた。

「お前様の情けの深さに身を震わせているのです」

娘はとっさに答えた。

娘の苦悶《くもん》の表情も、体の震えも、全身の鳥肌も、快感の絶頂に達したときの特徴と似ていたので、男の疑惑をかわすことができた。

　夜明け前。

　男が帰り支度を始めると、娘は枕の下に隠しておいた縫い針に、そっと手を伸ばした。そして、男が後ろを向いたすきに、男の着物の裾《すそ》に縫い針を刺した。

　その瞬間、

「グァーッ」

　人の声とは思えない醜《みにく》いばかりの叫び声を発した。そして逃げるように部屋を飛び出していった。

　男は縫い針の糸を引きずっていた。


　翌朝、母親と娘が調べてみると、血で赤く染まった糸が娘の部屋から玄関を抜けて、さらに遥《はる》か山の彼方へとつながっていた。

　どす黒い血の跡を見た娘は、その日から吐き気を催《もよお》し、床《とこ》に伏してしまった。

　母親は、夫に内緒で糸をどこまでも辿ってみることにした。どす黒い血にまみれた糸は、村を抜けて野を越え、山に分け入り、ついには沼のそばにある洞穴の前まで続

いていた。と、

「ウォー、ウォー」

低く不気味な唸《うな》り声が洞穴の中から漏《も》れてくる。母親が洞穴の中をのぞくと、人間さえ丸飲みできそうな大蛇が二匹、とぐろを巻いている。唸り声は、頭部に赤い模様のある大蛇から発せられているようだった。

その大蛇の背を彩る縞《しま》模様は、あの男の着物の柄と同じだった。まばたきをしない大蛇の目は、娘を見入った男の目そのものだった。

（こ、これは……）

母親は絶句した。

頭部の赤い大蛇が苦しげに身をよじる。よく見ると、大蛇の咽《のど》は長い縫い針に貫かれていた。動転した母親が我に返ると、なにやら声が聞こえてくる。耳を澄ますと、はっきりと漏れてきた。

「本当に馬鹿な子だよ。人間の女なんかに構うから、そういう目に遭うんだ。鉄の縫い針からしみ出た毒が体にまわっちまって……」

しばらく沈黙が続いた。

「もう俺は長くない。だけど、ただでは死なない。あの娘の体に俺の子種を宿してきた。じきに、たらい七杯分の俺の子どもがこの世に生まれる……」

母親が、その声に驚いている間もなく、大蛇のもたげていた鎌首が、力なく地面に落ちた。

❖たらい七杯分の蛇の子

(蛇の子を身ごもっている……。そんな、そんな……)

母親は、洞穴の外で腰を抜かしていた。山道のどこをどう歩いたのか、何も覚えていない。気がついたら夕暮れどきで、自分の家の前に立っていた。

娘は自分の部屋で、静かに母の帰りを待っていた。朝からの吐き気が止まらず、やつれた青い顔を母親に向けた。

(娘の妊娠は間違いない。この吐き気はつわりだ)

母親は娘を改めて見て、確信を持った。

「あの男は山の洞穴に住む大蛇だったよ。だけど、お前が刺した縫い針のせいで死んだ。もう、ここへ通ってくることもない」

と、母親は言ったが、さすがに大蛇の子を身ごもった話はできない。娘は、魔物の死を知って、少し悲しそうな顔をしたが、黙って母親の話を聞いていた。

母親は、その日の出来事を父親には何も語らなかった。素性の知れぬ男が娘の元に通っているだけで激怒した夫だ。男が実は大蛇の化身で、しかも娘が大蛇の子を身ごもっていると知ったら、夫がどれほど取り乱すかわかっていたからだ。

考えあぐねた母親は、その夜、再び村外れの老婆の家を訪ねた。

「魔物の子種を宿してしまったんだね」

老婆は、母親の話を聞くと、あっさりと言った。老婆の言葉に、母親は改めて娘の不幸の計り知れなさをつきつけられたようで、泣き崩れた。

自分の娘が、あのようなおぞましい大蛇の子を生む。しかも、一匹や二匹ではなく、たらい七杯分も生むというのだ。

「なんとか、娘を救えないでしょうか」

母親は涙ながらに老婆にすがった。

「魔物の子を生まない方法はあるさ。三月三日に桃酒を、五月五日に菖蒲《しょうぶ》酒を、九月九日に菊酒を飲むといい。そうすれば、腹の中の魔物の子は下る」

と、老婆は断言した。

大蛇が死んで以来、男の逢瀬《おうせ》は途絶えた。事情を知らない庄屋は、それでひと安心していた。が、娘の腹は日増しに大きくなっていく。母親は気が気ではなかった。

九月九日。その日、妻は、用意した菊酒を寝込んでいる娘の枕元に運んだ。

娘は、つわりの症状が治まらず、ずっと床についていた。この一週間ほどは食欲もなく、ほとんど食事らしい食事をとっていない。娘の顔にかつての美しい面影はなく、頬《ほほ》はやせこけていたが、腹だけがいびつな形に膨《ふく》れていた。

魔物の子を身ごもったことについて、娘は母親から何も聞いていない。だが、自分の身に起こった変化に、うすうす気づいていた。

「これをお飲み」

母親が言った。

「でも、母さん、これはお酒でしょ」

「いいから、薬だと思って飲みなさい」

妻は、本当の理由を告げず、強引に娘に菊酒をすすめた。

娘は体を起こすと、母親から受け取った菊酒の杯を一気に飲み干した。

「うっ……」

娘は苦痛に顔を歪《ゆが》めた。娘の腹部に激痛が走ったのは、その直後だった。

娘は苦しみながら、最後の力を振り絞って敷地の裏手を流れる小川に歩いていった。

娘が川に入ると、娘の体から小さなどじょうのような蛇の子が無数に流れ落ち、同時に川面は血で赤く染《そ》まった。

母親は慌てて次々に蛇の子をたらいですくい上げた。蛇の子の死体を川下に流さないためだった。蛇の子の数は、大蛇の言葉どおり、たらいに七杯分あった。

腹の中の蛇の子をすべて流し終えると、娘は息を引き取った。母親は、たらいの中の蛇の子に熱湯をかけて殺し、使用人たちに見つからないよう気をつけながら、裏庭で燃やしてしまった。

（このことは私の胸にしまっておこう）

蛇の子を燃やし尽くしたあと、母親はそう胸に誓った。

母親は、娘が大蛇の子を身ごもっていたことも、その子を堕《お》ろすために命を落としたことも、使用人や近所の人はもちろん、自分の夫にも言わなかった。娘は、不治の病で死んだということにしたのだった。

母親はその夜、娘の秘密を知っている唯一の人物である老婆を訪ねた。老婆は娘の最期の様子を聞くと、

「かわいそうに」

と、繰り返し言って、娘の哀れな生涯に涙を零《こぼ》した。

すべての秘密は封印されたまま、庄屋の家で、娘の葬儀が執《と》り行われた。ひっそり葬儀を済ませたかった両親の意図とは裏腹に、大がかりな葬儀となった。老婆の姿はなかった。母親は安堵《あんど》した。口封じのために老婆を殺す覚悟さえしていたのだ。

その日は、朝から秋晴れと呼ぶにふさわしい青空が広がっていた。ところが、葬儀が始まるやいなや、急に山の峰々から黒い雲が垂れ込め始めたかと思うと、あっという間に大雨となった。

「蛇の祟《たた》りだ」

誰からともなく噂が広がった。

その後、庄屋の家では、代々美しい子どもが生まれた。しかし、生まれた子どもは、姿形は美しいが、腋《わき》の下に必ず鱗《うろこ》が三枚あった。

■原典『日本昔ばなし』を読む――蛇の婿入《むこい》り■

単なる怪異譚《かいいたん》ではなく、小さな共同体内部の教訓

動物や魔物といった異類の婿《むこ》と人間の女性が婚姻《こんいん》関係を結ぶ形式の話は、昔ばなしでは一つのジャンルを成しています。

異類の婿たちは昼間は本来の異類の姿で過ごしますが、夜になると人間の男の姿に身を変えて女の元に通い、性的関係を結びます。

異類婚の代表的なものの一つ、蛇の婿が女の家に通う『蛇の婿入り』の話は、沖縄から青森まで、日本各地に広がっています。

結末は、ここで紹介したように娘が命を落とすもののほかに、助かるもの、何も語らないものなど、さまざまです。

ここでとり上げた『蛇の婿入り』は、単に怪異譚として語られるだけでなく、「若い娘は、親に内緒で素性の知れない男を部屋に入れてはいけない」という教訓で結末を結ぶことがあります。

まさにその通りのことをした庄屋の娘が、どんな悲惨な結末を迎えるかを聞かされれば、その教訓は相当な説得力があったことでしょう。

娘の元に通ってくる素性の知れない男。それは両親にとって、また小さな共同体の中で生活している人たちにとって、不気味な存在だったに違いありません。素性の知れない、余所者《よそもの》に向ける猜疑心《さいぎしん》や恐怖心が、『蛇の婿入り』の根底にあるといえるでしょう。

快楽に溺《おぼ》れ、不義密通を重ねた娘は、当然の報いとして、異類の子、蛇を身ごもります。

孕《はら》んでしまったこの蛇の子を下す方法には、節句の酒を飲む、菖蒲湯に入る、蓬餅《よもぎもち》を食べる、菖蒲を軒に吊るすなど、端午の節句にちなんだものが多くあります。ほかに、海に入る、四月の初午《はつうま》に麦飯と韮《にら》を食べる、などがあります。

また、同じ系譜の話に、蛇の子を下ろさず、娘が異類の子を生んでしまうものもあります。その数も、千匹だったり、一匹だったり、昔ばなしが語られた土地によって違います。

　さらに、「川に流れた蛇の子が拾われて大きくなったのが、実は小泉小太郎だ」とか、「だから五十嵐小文治にも腋《わき》の下に鱗《うろこ》が三枚ある」と、唐突に固有名詞を挙げて話を結ぶものもあります。具体名を挙げる挙げないにかかわらず、この蛇の子孫は立派な人物になる場合が多いようです。それは、異常な生まれ方をした者が出世するという昔ばなしの決まりごとに則《のっと》っています。

『蛇の婿入り』の話型には、「水乞《みずご》い型」と呼ばれるものもあります。そこでは、おおかた次のように話が展開します。

①父親が日照りで困っていると、蛇が「三人の娘のうち一人を嫁にくれるなら、雨を降らせてやってもいい」ともちかける。

②蛇は約束を守って雨を降らせる。今度は父親が蛇との約束を果たすために、娘たちを説得する。末娘だけが承諾する。

③末娘が蛇のところへ嫁に行く。娘は用意したひょうたんや針で身を守り、危機を脱する。

④蛇の元を逃げ出した末娘は、長者の嫁になる。一方、長女と次女は、その後、不幸になった、というものです。

いずれの型でも、娘が蛇を倒す小道具として「針」が出てきます。これは、鉄製品には、呪《のろ》いの力があると信じられていたことに関係します。

また「水乞い型」の話では、針のほかに、ひょうたんも出てきます。これは、水に浮くものに呪術的な力があるという信仰によるものです。

五

かぐや姫

春のきざしが宮中にも漂《ただよ》っていた。まだ蕾《つぼみ》の堅い紅梅の隣で、雪のように白い梅の花が、ふんわりと咲き匂《にお》っている。

「あ、これは車持《くらもち》の御子《みこ》様」

渡り廊下から中庭の風景を眺めていた車持の御子は、ふいに一人の男に呼びかけられた。ほかに人影はない。

男は、日頃から植え込みの手入れのために宮中に出入りしている下人《げにん》であった。本来なら車持の御子のような高貴な人間と口をきける身分ではない。が、車持の御子がことのほか、この男に目をかけていた。

というのも、男はたいそう口がうまく、また都の世情にも通じていた。特《とく》に、町のどこにどんな女がいるか、そんな下世話な話を御子の耳に入れるのが巧みであった。

――どこそこに、落ちぶれた貴族の美しい忘れ形見が侘《わ》び住《ず》まいをしていますそうな……。某《ぼう》小路に住む女は都でも評判の歌上手とか、さっそく今夜にでも……。

男の話しぶりは、たとえば賤《いや》しい者が上に媚《こ》びる目つきとなんら変わらなかった。色好みの誉《ほま》れ高い御子は、ゆったりとした袖《そで》を口に当てながら、

「ふっふっふ……」

と笑いを洩《も》らす。そして、しきりにうなずいては、さらに男の話を促すのだった。しかし車持の御子がこの男を重用する理由は、それだけではない。彼は色好みという風流な顔のほかに、政界の実力者という顔も持ち合わせていた。男は車持の御子の間諜《かんちょう》、つまり世間の情勢を密《ひそ》かに伝えるスパイでもあった。

車持の御子は知謀に長《た》けていた。他を蹴落《けお》とすためなら、平気で罠《わな》を仕掛け、仲間を裏切った。もっともらしい讒言《ざんげん》を言い立てて敵を自殺に追い込んだことも一度や二度ではない。謀反《むほん》の噂、呪詛《じゅそ》の噂、巷間《こうかん》でささやかれた些細《ささい》な噂など、間諜がもたらす情報は何でも使った。

そして、凄惨《せいさん》な権力闘争の果てに、彼は政界で一、二を争う実力者の地位を手に入れた。その地位の安定を図るために、彼はさらに策を弄《ろう》した。親族から高官を推挙するのはもちろん、帝《みかど》の後宮には一族の娘を送り込んだ。しかも、一族以外の娘たちを徐々に後宮《こうきゅう》から排除する念の入れようだった。

一族の娘が帝の子をもうけ、次代の帝の母となることが、一族繁栄のための最良の策であった。すでに、彼の娘は皇子を一人もうけている。そこには、連綿たる帝の系譜に取り入り、己《おのれ》の一族の血脈を繋《つな》いでいく壮大な野望があった。

「ところで御子様」

男が地べたから御子を見上げた。

「実は、先頃より気になる噂がありまして」

「ほう、申してみよ」

御子はもう若くはない。皺《しわ》を刻み始めた壮年の顔に、一瞬、不安の表情がよぎった。

男はそれを和《やわ》らげるような明るい口調で語り始めた。

「いえ、物騒な話ではありませぬ。なんでも讃岐《さぬき》の竹伐《たけき》りの翁《おきな》のところに、世にも美しい姫君がいるそうでして……」

「竹伐りの翁のところに？　で、どのような姫なのだ」

「はあ、それが詳しくはわからぬのですが、翁が竹林で見つけた娘だという噂でございます。聞くところによれば竹の節《ふし》から生まれたとか。しかも、生まれたときは三寸ばかりだったものが、あっという間に大きくなり、裳着《もぎ》まですませたというのですから、少々面妖《めんよう》な話ではございます。さらに不思議なことに、その娘を引き取って育て始めてからというもの、節に黄金の入った竹が何本か見つかり、翁の家は見る間に大金持ちになったというのでございます」

「ふん、確かに奇怪な話だの」

「ところが、その娘の美しさときたら、輝くばかり。この世の者とも思えぬそうにございます。なにしろその娘がいるだけで、翁の屋敷の隅々にまで光があふれるというのですから」

「その姫の名は何というのか」

「はい、なよ竹のかぐや姫、と。しかし、なよ竹というには、少々情《じょう》が強《こわ》いという話もございます。今までにも何人もの男どもが通ったそうですが、思いを遂《と》げた者はいまだ一人もおらぬとか」

「ふっふっふ……」

　女への食指が動くときに洩らす忍び笑いが、車持の御子の口からこぼれた。しかし男は意味ありげに声を落とした。

「ただ、それには理由がございます。このかぐや姫とやら、近々采女《うねめ》に差し出されるという噂がございまして」

「采女に？」

「はい」

釆女というのは帝の後宮に仕える女官のことだ。主に帝の食饌《しょくせん》に携わる下級の女官で、各地の豪族から召し出される。彼女たちは皆、一様に美しい処女だ。地元にあっては、氏神などに奉仕する神聖なる巫女《みこ》である。

「それではいくら男どもが群がっても、なびかぬわけよのう」

「しかし御子さま。神聖なる女を手に入れるは、それ色好みの本道とか申します。今でございましたら、姫は単なる巫女。釆女となれば帝のものにございます。となれば、今が御足を運ばれる良い機会かと」

「ふっふっふ……」

再び御子の口から忍び笑いが洩れた。男は得意気な表情で御子に言上した。

「たまには風変わりな遊びもなされませ。世はもう春にございますれば」

❖凶々《まがまが》しいほどの漆黒《しっこく》の瞳

竹伐りの翁夫婦が住む讃岐国《さぬきのくに》は、都からほど近い場所にある。竹林で育てた竹は朝廷への献上物であった。毎年献上される竹は祭祀《さいし》用の竹細工物などに使われる。いわば翁夫婦は竹を通じ、祭祀事に携わる家の者であった。

噂通り、かぐや姫は竹伐りの翁に竹林で拾われた娘だった。

かぐや姫が現れて以来、トントン拍子に翁の家は栄えた。今ではすっかり分限者《ぶげんしゃ》である。黄金の入った竹が見つかったという話もある。だがそれよりも、巫女として類《たぐ》い希《まれ》な霊力を持っていた姫は、よく神懸《かみが》かりして神託を述べ、それが翁の家のみならず、周囲にも富をもたらしていたようだ。

姫を拾った日を境に、翁の家には明るく華やいだ光がぱぁっと満ちあふれた。普段は几帳《きちよう》の外にも出さず、人目にさらすことも避けて、大切に姫を育てた。そして、成人の祝いの裳着の宴《うたげ》では、三室戸《みむろど》の斎部《いんべ》氏の者をわざわざ招いて、かぐや姫の名付けを頼んだほどであった。

長ずるに及んで、姫は気高く美しい娘に育った。ところが、その姫の容貌が姫を苦しめる事態を引き起こす。

翁の屋敷に連日、物見高い男たちが押しかけた。彼らの目的は一つ。ひと目かぐや姫の姿を拝んでみたい。ただそれだけであった。かぐや姫の美貌の噂が、広く巷間《こうかん》に知れ渡ったからだ。

群がってくる男たちの中には、近隣の野次馬連中のほかに、豪族の子息や宮中に仕える貴族の姿まであった。夜中に屋敷のまわりを徘徊《はいかい》し、垣根に穴をこじ開けて屋敷の中をのぞき見る。たまに姫を垣間見《かいま》る機会があろうものなら、互いに手を取り合い、昏倒《こんとう》せんばかりに興奮する。

男たちの中には、間諜の男に手引きをさせ、物売りの男に身をやつした車持の御子の姿もあった。御子は、垣根のまわりをうろついている男たちに姫のことを聞いたが、姫を見たことがない者は頭を振り、見たことがある者は興奮しきって言葉も聞き取れない。要領を得ない男たちの話に、

(噂の女など、そんなものか。見たら見たで、たいしたことはないのかもしれぬ)

そう御子が思い始めたある日のことだった。

「あっ、姫様じゃ」

ふいに垣根の一角から声が上がった。見ると、小柴垣《こしばがき》の隙間から、目が覚めるような綾錦《あやにしき》の色が見えた。さらに御子の目に飛び込んできたのは、姫の黒々とした双眸《そうぼう》だった。思わず御子はおののいた。

(あれは……!)

一瞬だったが、ふと振り向いたかぐや姫の瞳が御子の目にひたと注がれた。見る者を惹《ひ》き込まずにはおかない双眸だった。しかし、巫女にしては妖麗《ようれい》すぎて、凶々しいほどの漆黒《しっこく》の瞳だった。

熱に浮かされたかのように眩暈《めまい》を感じ、御子はその場によろめいた。その御子を、何者かがそっと後ろから抱きとめた。

「車持の御子どの。しっかりなされ……」

ささやくような声である。間諜の男の声ではない。御子はぎょっとして振り返った。

「このような格好をしても、色好みの匂《にお》いは消せぬものですな」

はっはっはっ……、と豪快に笑った相手は、農民のような姿をしているが、よく見れば宮中で四六時中顔を合わせている石作《いしづくり》の御子であった。

石作の御子は、車持の御子と同様、政界では頂点に立つ実力者であった。

「噂には聞いていましたが、あの姫の美しさは噂以上ですな」

「はっはっは、すっかりのぼせあがっておいでのようだ。車持の御子ともあろう方が、姿を見ただけで足元をふらつかせるとは」

車持の御子は少しバツの悪そうな笑みを浮かべた。

それよりも、と、石作の御子は男たちの方を顎《あご》で指し示した。

「あの者たち、汚い身なりをして身分をごまかしているが、そなたも知っている者ばかり。ほら、あそこには某《なにがし》、こちらには某……」

石作の御子の言葉に車持の御子がそっと様子を窺うと、なるほど宮中でも色好みで通っている顔が勢《せい》ぞろいしている。皆、ひと目で身分を偽っているのがわかる。中には馴《な》れない粗末な着物で寒さに震えている者もいた。

無様《ぶざま》な姿だった。自分も彼らと同じかと思うとやりきれなくなり、思わず車持の御子はため息をついて呟《つぶや》いた。

「しかしあの姫、本当に釆女に差し出されるのでしょうか……」

何気なく口をついて出た一言に、石作の御子が意味ありげな笑顔で応えた。

「釆女になったら、きっと帝が放ってはおかれますまいな。帝の御寵愛《ごちょうあい》を独り占めしてしまうかもしれませんぞ」

笑うその顔は、石作の御子が自分の一族で後宮を満たしている車持の御子へ放った牽制《けんせい》と揶揄《やゆ》だったかもしれない。

「やや、それは大変！」

いささか大げさに驚いてみせた車持の御子の胸に、みるみる暗雲が立ち込め始めた。

(あの娘を帝に逢わせるわけにはいかんな……)

ふと、後宮にいる愛娘《まなむすめ》の顔が浮かんだ。彼女が産んだ皇子を帝にすること。それを阻《はば》む可能性のある者は徹底的に排除すること。車持の御子の胸に湧《わ》き上がった雲は、権勢欲と色欲の渦を巻きながら、さらにむくむくと広がっていった。

❖俗欲に取り憑《つ》かれていく翁

「わたくし、結婚などいたしませぬ。宮仕えもイヤでございます。このままこの家に置いてください」

翁と差し向かいに座ったかぐや姫が、その黒々とした瞳で翁を見つめていた。

さきほどから、翁は姫をかき口説いていた。屋敷に通ってくる男たちの中には高貴な家柄の者もいる。その者の妻になれば女としての幸せな人生を送れるのではないか。また、美しく、強い霊力を秘めたかぐや姫は、采女として宮中にあれば、きっと帝に目をかけられ、運が良ければ皇子をもうけることもあるだろう。それはこの世の女性が受けることのできる、最上の幸せではないか……。

翁にとって、姫は、偶然授かったとはいえ、たった一人の娘だった。巫女としての霊力は認めながらも、翁は姫に人並みに幸せな人生を送ってもらいたいと考えていた。とはいっても、正直なところ、翁の思惑はほかにあった。自分で絶えてしまうはずだった「家」を姫に継がせたいという、俗で打算的な考えが芽生え始めていた。分限者となった翁にとって、新たに取り憑《つ》かれた家門の繁栄という欲。女が家を継ぐ母系社会にあって、姫の存在はうってつけだった。しかも、姫には家柄の良い男たちが群れをなして求婚している。

いつしか熱心に翁の屋敷に通う者は五人だけとなっていた。石作の御子、車持の御子、左大臣阿部《あべ》の御主人《みうし》、大納言大伴《おおとも》の御行《みゆき》、中納言石上《いそのかみ》の麻呂《まろ》——いずれ劣らぬ名門だった。

彼らのうちの誰かと結ばれてくれれば、と翁は姫に言いかけるのだが、姫は頑として受けつけない。神託を述べる巫女らしく、姫は感受性が強く、華奢《きやしゃ》で線の細い質《たち》である。しかし、その反面、言い出したら聞かない強靭《きょうじん》な部分も持ち合わせていた。

姫にしてみれば、翁の打算的な考えも、男たちの色好みを笠《かさ》に着た自意識過剰ないやらしさも、すべてお見通しだった。

ただ、翁には大切に育ててもらった恩がある。できることなら翁夫婦が望むようにしたい。

しかし、女を戦利品のように考え、仲間に自慢することを喜びとするような男に身を委《ゆだ》ねるなど、姫にとっては到底できる相談ではなかった。それは、神聖に生きてきた乙女特有の、割れば凶器ともなる、ガラスのような潔癖さから来るものであったかもしれない。

翁の期待と執拗な求婚者の両方に責め立てられて、姫の心は乱れ始めた。

相変わらず五人の求婚者は屋敷に通い、姫に手紙を書き、狂おしい胸の内を歌に詠《よ》んでは贈っていた。季節は再び春になり、夏が訪れた。姫からの返事はいっこうに来ない。彼らは翁の姿を見つけると走り寄り、

「ぜひ、姫をわたくしに」

と懇願する。翁は困り果て、

「わたくしの本当の子どもではありませんから、どうにもならないのでございます」

と、言葉を濁すよりほかになかった。

彼らは翁に対しても様々な贈り物をした。とくに車持の御子の心配りは群を抜いていた。しかし、車持の御子は他の四人と違い、その胸にある思惑を秘めていた。

(姫を釆女にするわけにはいかない。釆女になれないように、我が物としなければ……)

穏やかな笑顔で翁に都の珍しい細工物などを持ってくる車持の御子に計略があるなど、翁は想像だにしない。

御子の胸の奥には、不吉な予感があった。

(あれほど凶々しい美しさを持った姫が後宮に差し出されたら、帝は姫一人への愛に溺《おぼ》れてしまうだろう……)

姫の静謐《せいひつ》な中にも凄艶《せいえん》さを湛《たた》えた黒い瞳の魔力に、帝は簡単に絡《から》め取られてしまうに違いなかった。

「どうぞ、この爺《じじ》の話を聞いてくだされ」

ある日、ついに翁は姫の前に泣き崩れた。

「爺は年をとりました。もはや明日をも知れぬ命です。この世の男は女を妻に迎え、女は男の妻になって子孫は繁栄するもの。姫ももう年頃です。そろそろ、縁あるお方を……」

突然の翁の姿に動揺しながらも、姫はきっぱりと答えた。

「でも、わたくしは結婚など考えてはいませぬ」

「仮に神が人の姿をして現れたのだとしても、姫様は女にございます。どうぞ、あの公達《きんだち》のお志《こころざし》を酌《く》んで、一人一人にお会いになってごらんなさいませ」

「わたくしはあの方たちが考えているような女ではありません。それにあの方たちのお気持ちなど、わかるはずもございません。そんな状態で皆様にお会いして、かえって傷つく結果となったら悲しゅうございます」

「ならば、どのようなお気持ちのお方ならお会いなされますか」

翁は重ねて聞いた。姫はそっと息をついた。これ以上は何を言っても無駄だと観念したのだろう。姫は一つの提案をした。

「では、わたくしが見たいと思う物、それを見せてくださる方にお会いしましょう。あの方たちにそうお伝えくださいませ」

夕暮れどき、翁の屋敷に集まった五人の公達は、翁が読み上げる難題に当惑していた。

「石作の御子様は仏の石の鉢を」

「車持の御子様は蓬莱山《ほうらいさん》へ行かれ、そこにあるという銀を根とし、金を茎《くき》とし、真珠を実とする玉の枝を」

「阿部の御主人様には唐土《もろこし》にあるという火鼠《ひねずみ》の皮衣《かわごろも》」

「大伴の大納言様には竜の頸《くび》にあるという五色に輝く玉《ぎょく》を」

「石上の中納言様は燕《つばめ》が持っているという子安貝《こやすがい》。以上、姫の望む物をそれぞれお持ちくださいますように」

次々と飛び出す品物は、どれも我が国にないばかりか、この世にあるかもわからぬ代物《しろもの》であった。大それた難題に翁は心配したが、姫は「難しいことなどありましょうか」と言うのだった。

難題を聞いた五人は心中穏やかではない。遠い異国へ行っても、手に入る確証のあるものは一つもない。

(そんなに嫌悪しているのなら、なぜこの辺をうろつくな、とはっきり言わないのだ)

無理難題を呪わしくすら思った。しかし、ここで引き下がるのは自尊心が許さなかった。彼らはそれぞれ、自分に課された品物を探すため、翁の屋敷を辞した。車持の御子も、帰る道すがら、眉間《みけん》に皺を寄せながら策を練った。

❖奇妙な男の呪詛《じゅそ》の言葉

五人への難題は、彼らの願いを無惨に砕き散らした。

姫の前で失態を演じた車持の御子は、山奥に身を隠さねばならなかった。御子は地団駄《じだんだ》を踏んで悔しがった。

石作の御子以下、他の四人の失敗も、御子は噂に聞いていた。

釈迦《しゃか》が使ったと言われる石の鉢を課題にされた石作の御子は、天竺《てんじく》（インド）の霊鷲山《りょうじゅせん》という山に鉢があると聞き、その場で取りに行くのを諦《あきら》めた。そして、田舎の山寺にあった、いかにも古色蒼然《こしょくそうぜん》たる鉢を持っていき、結果、散々恥をかかされたという。

阿部の御主人が持参したのは、火中に置いても燃えないと伝えられる、火鼠の皮でつくった皮衣であった。それを手に入れるため、彼は唐土《もろこし》の商人に莫大な金を支払った。ところが、やっと手に入れた皮衣は、実際に火にくべてみると一瞬にして燃え上がった。それを見た姫は、声を上げて笑ったという。

大伴の御行の大納言は、武門の誉《ほま》れともいうべき家柄にあって、「見つけるまでは戻ってくるなっ」と部下を叱咤激励して龍の玉を探しに行かせたという。それに妻を追い出し、新居の準備までしていたのに、部下はいっこうに帰ってこない。挙《あ》げ句《く》、自ら漕《こ》ぎ出した海で嵐に遭い、大納言は這々《ほうほう》の態《てい》で帰ってきたという。

石上の麻呂の中納言は命を落としていた。中納言の課題は燕の子安貝だった。女が安産のお守りとして持つように、燕も産卵の際に子安貝を持っているという。年もまだ若い中納言は、家来の助言で自ら吊《つ》り籠《かご》に乗り、燕の巣に近づいた。産卵の瞬間に巣の中に手を入れ、子安貝をつかんだのだが、あまりに慌《あわ》てたために籠から落ちて気を失った。息を吹き返して手のひらを見れば、そこには燕の糞《ふん》だけがあった。落胆した中納言は、そのまま息絶えたという。

中納言の死を聞いたかぐや姫は、「哀れですね」と言ったという。しかし朝廷に仕える男どもをこき下ろし、死に至らしめ、そのときですら「哀れですね」ですませる女とは、いったいどんな妖魔《ようま》なのだろう……。

車持の御子は、美しいかぐや姫につくづく空恐ろしさを感じていた。自分の失態を笑ったときの姫の表情も、今、まざまざと思い出される。

車持の御子の課題は銀の根、金の茎、真珠の実をつけた蓬萊の玉の枝であった。だが、蓬萊山がどこにあるのかさえわからない。早々に腕のいい職人を集め、山奥に工房を築いて蓬萊の玉の枝を造らせた。朝廷には「しばらく湯治《とうじ》へ」と休暇をとり、翁には「蓬萊山へ行く」と言い、玉の枝ができるまでの一年以上、身を隠し、蓬萊山へ向かう道中の嘘物語まで考えた。

玉の枝が仕上がり、準備万端整えて、御子は翁の屋敷へ向かった。

(そう、初めは皆、本物だと思っていた。枝はもちろん、蓬萊山への苦心談も完璧だった。姫は青ざめたし、翁は寝室の用意まで始めてくれた。それを、あの下賤《げせん》なやつらが……)

思い出しても腹が立つ。姫を除いて、皆が和やかな雰囲気になったとき、突然、屋敷の外が騒がしくなった。

「何事じゃっ!」

翁が立ち上がると、庭先に数人の男たちが乱入してきた。そして中の一人が、

「蓬萊の玉の枝、確かにこちらのお屋敷にお納めいたしました。早速代金を頂戴いた

したく存じます」

と大声で呼ばわった。翁にも蓬萊の玉の枝が造り物であり、彼らが代金を請求しにきたことはすぐにわかった。姫は頰《ほほ》を上気させて誇らしげな笑顔に戻った。

「すっかり本物かと思いましたのに。造り物ならお返ししましょう」

いたたまれない惨《みじ》めさを味わったのは、御子であった。

姫がちらっと御子を見た。そして高らかに笑って職人たちに褒美《ほうび》を与えた。己の不面目に外へ飛び出した御子は、怒りで全身をわななかせた。翁の屋敷から出てきた職人たちを血塗《ちまみ》れになるまで何度も打擲《ちょうちゃく》し続けた。そしてほとぼりが冷めるまで、山奥に身を隠すことになったのであった。

五つの難題は簡単には解けないはずだった。しかし、相手は厳しい世を渡ってきた強者ばかり。万が一にも、彼らが本物の品を持って来ないとも限らない。

姫は彼らの無様な失態を目にするたび、ほっとするあまり、声を上げて笑った。声を上げずにはいられなかった。さらに、中納言が命を落としたと聞いたとき、姫はそれ見たことかと思った。

難題は解かれなかったが、それからというもの、翁がすっかり落胆しているのを見て、姫は心を痛めた。自分をここまで育ててくれた恩の大きさは計り知れない。姫の相手は皆、時の権力者。分限者とはいっても、しがない地方のこの家に、この先、どんな災難がふりかかってくるかわからない。それを考えると、翁夫婦に申し訳がなく、いっそ消え入りたい、とまで姫は思った。

月の光が射し込む閨《ねや》で、とうとう姫は髪を鷲《わし》づかみにし、喉《のど》の奥でつんざくような悲鳴を上げていた。

かぐや姫の噂は、帝の耳にも届いた。

「有能な臣下たちを惑わせているかぐや姫とやら、いったいどのような者か見たいものよ」

車持の御子が避けたかった事態が起きたのだった。

ある日、帝は使いの者を翁の屋敷へ向かわせた。用向きを聞いた翁は、さっそく姫に取り次いだ。しかし、姫は几帳の向こうにこもって出てこない。しばらく問答が続いたが、

「無礼ではありませんか。帝の仰《おお》せ言をないがしろになさるとは」

と、使いの者がきつい口調で言うと、姫は身を震わせて答えた。

「わたくしは見せ物ではありませぬ。わたくしが帝に背くようなことをしているのなら、早くここで殺してください」

姫は正直に心の内を吐き出したのだった。

使いの者が、おそるおそる顚末《てんまつ》を奏上した。すると、帝は、白いこめかみを神経質そうに震えさせたが、自分を恐れぬ姫に怒りとともに好奇心を抱いたのだった。

その頃、姫の前に、夜な夜な奇妙な男が出没するようになっていた。音もなく姫に近づき、

「わたくしを殺した姫様。帝の御寵愛を受けられたら、どんなにいいでしょうね」

それだけ言うと、ふっと消えていく。物《もの》の怪《け》ではない。明らかに人であった。しかし、気配もなく、ウトウトするとやってくる。

(誰を殺したというのだろう。燕の子安貝を取ろうとして死んだ中納言か。わたくしに恋い焦《こ》がれて命を落とした者たちか……)

ただでさえ過敏な意識の糸がピンと張りつめて、眠れない夜が続いた。

帝の寵愛を受けたらどんなにいいか――。それは、多くの男を惑わせておきながら、自分は帝の寵愛を受けて幸せになろうというのか、という明らかな呪詛《じゅそ》の言葉だった。

❖夢の世界に彷徨《さまよ》う姫の魂

帝から二度目の声がかかった。今度は翁へ直々のお召しであった。帝は目の前にかしこまった翁に先般の姫の無礼をやんわり諌《いさ》めた。そして重ねて姫を宮中に連れてくるよう言った。

「姫を采女として差し出すなら、お前には五位の官位を授けよう」

翁は地べたにひれ伏した。帝の言葉は絶対であった。

姫のみならず、翁もいつ面目を潰《つぶ》された公達の報復に遭うかと不安だった。しかしこうして帝じきじきに目をかけてもらえることになり、翁の心には久しぶりに明るい光が射し込んだ。屋敷に戻った翁は、晴れ晴れとした顔で官位のことを語った。

ところが、姫は宮仕えも拒否したのだった。姫の心の奥底には、夜な夜な聞かされる呪詛の言葉が取り憑《つ》いていた。どこか虚《うつ》ろな表情で姫は言った。

「宮仕えはいたしませせぬ。どうしてもとおっしゃるのなら、爺様に官位をいただいてから宮中で死にます。今さら、帝の言葉に従うつもりはございません」

翁は内心、姫の言葉に舌打ちした。しかし、姫に死なれては、結ぶ縁もなくなってしまう。

事情を打ち明ける翁に、帝は言った。

「そなたの家は山の麓《ふもと》に近い。一度、狩りに出掛けるふりをして、そのとき、姫に会ってみようか」

「それは良いお考えです。最近、姫はなにやらぼんやり考え込むことが多いようで、そのときにお出ましになれば、きっと姫の姿をご覧になれるでしょう」

狩りの途中を装って翁の屋敷に入った帝は、翁の言う通り、物思いに沈む姫の姿を見つけた。そのたぐいまれな美しさに、帝は吸い寄せられるように姫の袖《そで》をとらえた。

ふいに広がった雅《みやび》やかな薫香《くんこう》の匂《にお》いに、庭を眺めていた姫が振り向いた。見慣れぬ男が姫の袖を押さえている。帝と直感した姫は、とっさに逃げようとした。しかし、帝はまるで自分につれなくしていた罪を罰するかのように、きつく姫を抱きすくめた。

「もう許さんぞ……」

帝はそのまま姫を輿《こし》に乗せ、内裏《だいり》へ連れていこうとする。姫は必死で抗《あらが》った。

突然のことに気も動転して、姫は心の中で叫んだ。

（イヤです。わたくしはどこにも行きたくない。もう誰も、わたくしに構わないで……！）

その瞬間、姫は自分の意識がすっと高みに昇っていくのを感じた。煩《わずら》わしいものから解放されて、そのまま消え入ってしまうような感覚だった。

ふっと魂の抜けたように動かなくなった姫に、帝は狼狽《ろうばい》した。姫の髪が帝の衣に乱れかかり、黒々とした双眸は濡れたまま、じっと虚空《こくう》を見つめている。

宮中へ連れていくのを諦めた帝は、悄然《しょうぜん》として都に帰っていった。

姫は、帝が諦めるのを待っていたかのように息を吹き返した。しかし、帝の命に背くことは謀反《むほん》と同じ。陰で翁が深いため息をついているのを知り、居づらい思いを味わうのだった。

潔癖さ故に時の権力者たちを惑わし、帝にさえ逆らった。しかし、もし受け入れて後宮に入れば、そこは嫉妬《しっと》と怨恨《えんこん》の世界であることを、姫はよく知っていた。たいした財力も権力もない竹伐りの家の娘など、大きな権勢を持つ一族に潰《つぶ》されるのは明らかだった。しかも、最後の拠《よ》り所だった翁まで、姫を欲と権力に利用し始めている。

姫を取り巻く権力と愛憎は、姫が受け止めるには大きすぎるのだった。

（わたくしの帰る場所は、どこに……？）

張りつめていた糸が切れ、カラカラと何かが砕けた。現実を離れ、姫の魂が夢の世界に彷徨《さまよ》い始めた。

「姫様、姫様、月を見るのは不吉と申します。どうぞ中にお入りあそばせ」

姫は闇に照る月にじっと見入るようになった。何をするでもなく、姫はぼんやりと月を眺め、月に話しかけ、かと思うと突然、さめざめと泣き伏す。そして、「わたくしね、月に帰るの」と、そんな言葉を吐くようになった。

夜な夜な姫に呪詛の言葉を投げつけていた男は姿を見せなくなった。翁夫婦は、物狂いしてしまったかのような姫に、腫《は》れ物にさわるような接し方をした。

ひっそりとした翁の屋敷に、帝だけがつれづれに歌や手紙を送ってくる。帝は車持の予感通り、現世と夢の狭間《はざま》に漂うような姫の魅力にすっかり取り憑《つ》かれ、後宮の誰にも興味がなくなり、腑抜《ふぬ》けのようになっていた。

その日も、月が昇り始めていた。皓々《こうこう》と照りわたる月影の中に、ザブンと水飛沫《しぶき》が上がった。翁の屋敷の庭にある小さな池の水面《みなも》が光の波紋を広げ、大きく揺れた。

「姫っ！」

物音に気づいた翁が、庭に駆け降りた。池は子どもの腰ほどの深さしかない。しかし、そこには、玉藻《たまも》のように姫の黒髪が漂っていた。急いで引き上げたが、姫に息はなかった。姫を吸い込んだ池の水面には、中秋の満月が、手に取れるかのように美しく映り込んでいた。

知らせを聞いた帝は、大急ぎで数人の供の者を連れて翁の屋敷にやってきた。供の者たちが屋敷の屋根に上がった。姫の魂を呼び戻そうと招魂を始めたのだった。姫の名を呼ぶ供の者たちの声があたりに響く。そして、彷徨う魂を抱き込むように姫の衣が振り広げられた。その招魂の衣が、姫の亡骸《なきがら》に掛けられた。衣に魂が包まれていれば、姫の息は戻るはずだった。

しかし、いくら見守っていても、姫はピクリとも動かない。

「この衣は天女《てんにょ》の羽衣なのではないか……」

帝が呟いた。こうして、姫は月の中に昇天してしまった。

「これは、車持の御子様」

宮中の渡り廊下から中庭を眺めていた車持の御子は、男に呼び止められた。冷気を帯びた秋風が、萎《しお》れかけた黄菊の花びらを震わせて通り抜けた。

「死んだな」

「はあ、死にましてございます」

「お前の呪詛もたいしたものだな」

「いえ、これまで御子様のお耳に入れてきた巷《ちまた》の呪詛などに比べましたら、闇に忍んでゆくわたくしの呪いなど、物の数にも……」

「姫の祟《たた》りかのう、帝が病に倒れられた」

「聞き及んでおります。いよいよ御子さまの血を分けた帝が誕生する日が目前だと」

「ふん。まだ幼なすぎる。しかし、あの姫も気の毒よの。別に悪さをしたわけでもないのに」

「そうでございますね。さりながら選ばれた神の嫁を奪い合うは、やはり、ぞくぞくするものでございます」

「ふっふっふ……」

■原典『日本昔ばなし』を読む――かぐや姫■

かぐや姫は月に昇天したのではなく、本当は狂死だった!?

「月への昇天は死ではないか」という説があります。かぐや姫は天女ではなく、一人の女性として死んでいった、というのです。

さらに、「月」というキーワードから、「発狂、または狂死した」という説まであります。

なぜ、かぐや姫は死ななければならなかったのでしょう。

物語の舞台は階級社会の形成期。とくに藤原氏が後宮《こうきゅう》の勢力を足がかりにして一気に権勢を振るい始めた時代です。おおらかだった古代と違い、階級、身分がものをいうようになりました。かぐや姫に結婚を迫ったのは、いずれも政界の実力者や、武官の名門の男性ばかりです。

いくら美しくても、かぐや姫は所詮、しがない竹伐りの翁の娘に過ぎません。自分よりもはるかに身分の高い貴族に逢瀬《おうせ》を望まれれば、それをはねつけるようなことは許されることではありませんでした。

しかし、かぐや姫は求婚を拒みます。なぜでしょう。

一説には、かぐや姫はすでに采女《うねめ》であったため、天皇以外の男性からの求婚には応じるわけにはいかなかった、といわれます。だとすれば、貴族が姫の難題に大恥をかかされる場面は、求婚が露見して帝《みかど》に罰せられた事実を暗示しているようにも受け取れます。

ただ、巫女が聖職をまっとうしようとするあまり、多くの求婚者を退けて自ら死を選んだ歌が『万葉集』などに残されていることから、かぐや姫も命を賭《と》してでも聖職を守ろうとした女性であったのかもしれません。

ところが、帝の求愛で事態は深刻化します。帝は現人神《あらひとがみ》であり、その言葉は絶対です。しかし都合の悪いことに、先般、かぐや姫が恥をかかせた貴族の中に帝の後宮を牛耳《ぎゅうじ》っている者がいました。車持の御子です。車持の御子は藤原不比等《ふひと》をモデルにしていると言われています。彼は自分の娘を後宮に入れ、皇族出身以外の母から生まれた皇子を初めて帝の位につけた実力者でもあります。

つまり、帝の寵愛を受けて後宮に入れば、そこは車持の御子の娘をはじめ、有力な貴族の姫たちが権勢を競う世界です。財力も権力もないかぐや姫が潰されるのは必至。しかも、帝に飽きられたら最後、身の置きどころがありません。戦国時代でこそ、一介の草履《ぞうり》取りが太閤《たいこう》に成り上がることはあっても、階級貴族社会の後宮にシンデレラ・ストーリーはないのです。

しかし、帝の命令を拒めば、かぐや姫の身のみならず、翁や、翁のいる讃岐国《さぬきのくに》に重大な危機を及ぼすことになりかねません。

貴族を拒絶すること自体がすでに罪。帝の求愛を受ければ、後宮で潰され、かといって帝を拒絶すれば、即刻死罪にもなり、翁や国へも弊害が及ぶかもしれない……。

かぐや姫の立場は、いわば八方塞《ふさ》がり。どう転んでも救いはありません。姫は死ぬよりほかなかったのです。

六　赤い髪の娘

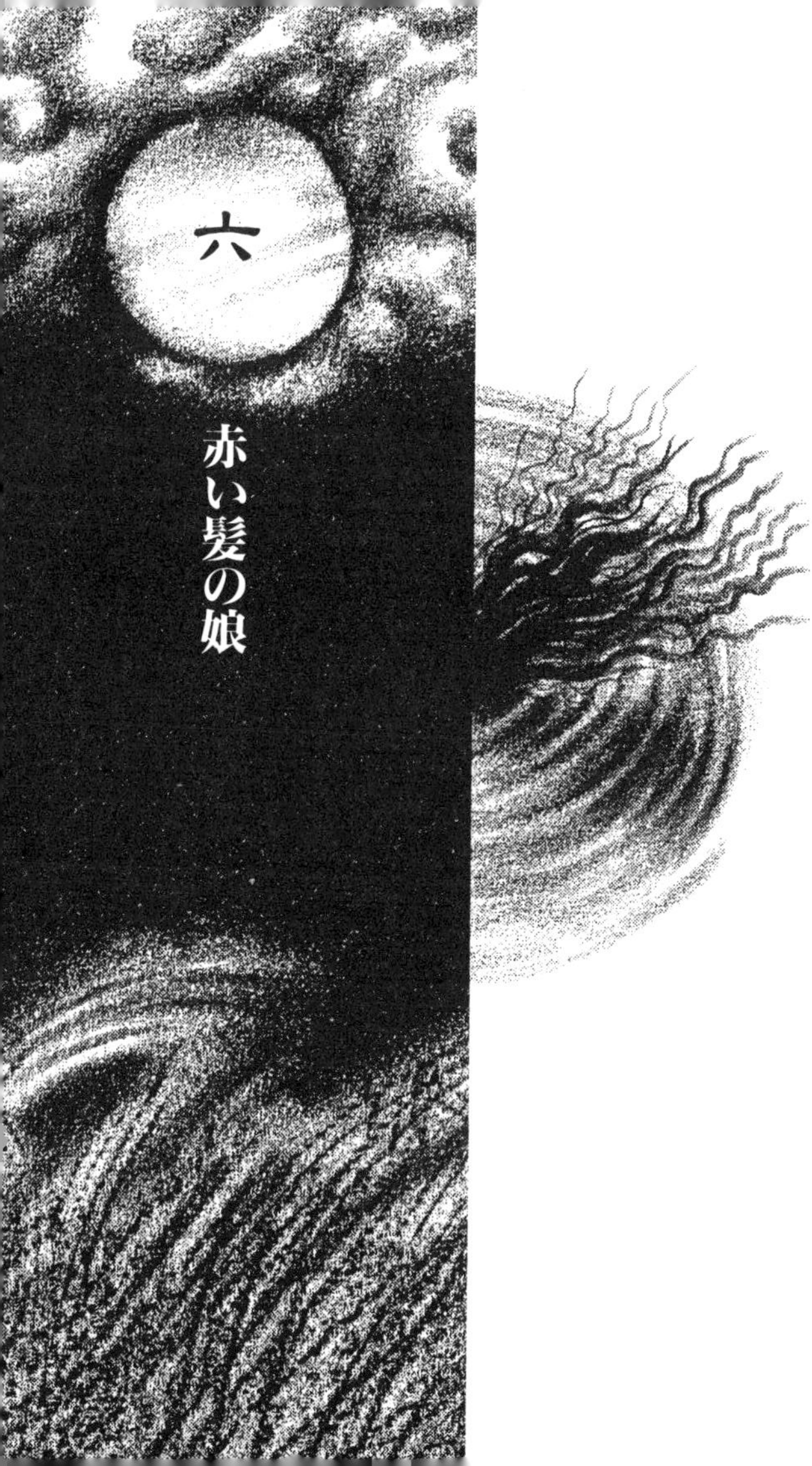

ハア〜今日はナァ〜日も良しィ、長持ち下げてヨォ〜

よく晴れた五月の空に、祝いの歌が響いていた。青々とした田の畦道《あぜみち》を、嫁入りの行列がゆっくりと進んでいく。白い綿帽子の花嫁が、ずんぐりとした馬の背に揺られている。

遠く山の麓《ふもと》に立つ娘の目にも、それは美しく光って見えた。

(私があんな日を迎えることはないだろう)

そう思うと知らず涙がこぼれた。

(この髪さえ黒く生まれていれば……)

娘は、自分の枯れた稲藁《いなわら》のごとくうねる赤い髪を引きちぎってしまいたい衝動にかられた。

(殿様の嫁になりたいとも思わない。一生、百姓で苦労することもいとわない。しかし、女に生まれてこの髪とは……)

むせび泣く娘の肌は、羽二重《はぶたえ》肌《はだ》のように白く滑らかであった。紅《べに》を点《さ》さずとも鮮やかな唇、それに、その体から漂《ただよ》う、えもいわれぬ花のような芳香。髪さえ黒ければ、娘は国一番の器量よしに違いなかった。

（どうして、私だけが……いったい何の祟《たた》りを受けて生まれてきたというのか……）

娘は人目を忍んで、山深い森のはずれに一人で暮らしていた。

緑深い美しい森は、きのこ、わらび、栗、あけび、といった山の幸をふんだんに抱いていた。中腹には、神が手ずから彫刻を施したような見事な岩肌に囲まれた沢が流れている。水はどこまでも清く、せせらぎには魚が遊んでいる。澄《す》んだ声で鳴く鳥たち、季節ごとに衣を変える木々。

しかし、そういったものも、娘の心を歓《よろこ》ばせることはなかった。

（こんな髪をしていては、どんな男も私を嫁にはしてくれまい。私はここで一生、誰とも顔を合わせず、一人寂しく暮らしていくしかない……）

娘は、沢の溜《たま》りの底なしと呼ばれる沼のほとりに居を構えた。陽《ひ》は明るく、風がさやかに渡る森の中で、そこだけがどこまでも暗く寂しく湿っている。

沼のほとりの家から一歩も出ない毎日は、たとえようもなく長く感じられた。娘は、自分がすでに老婆になっているのではないかと思うことが何度もあった。

（男に愛され、子をなすことのない人生に何の価値があるというのだろう。もう、いっそのこと死んでしまいたい……）

娘は幾度か、底なしの沼に身を投げようと、その水面《みなも》にかがみ込んだことがある。沼は墨を流したように黒く濁り、水面はぬめぬめと怪しい光を放って、まるで地獄の入り口のように見える。

死を覚悟したはずの娘も、いざ飛び込む段になると足がすくんだ。目を閉じて身を乗り出すが、どうしても最後の一歩を踏み出せないでいた。

（このまま何の楽しみもなく、ただ老いるのを待っているより……）

娘は自分に強く言い聞かせて、今度こそと大きく身を乗り出した。

そのときである。

「馬鹿な考えはやめなさい！」

たくましい腕が、娘の肩をつかんで引き戻した。どこから現れたのか、そこには、旅支度をした一人の屈強な若者が立っていた。男の腕の力強さは、それまで娘の中で張りつめていたものをぷっつりと切った。娘は、まるで、紙人形のように、へなへなと地面に崩れ落ちそうになった。

思わず娘の体を抱き止めようと手を伸ばして、男は驚いた。娘の体から、今まで嗅《か》いだことのない甘い匂《にお》いが漂ってくる。長い間、一人で旅をしてきた若い男は、いっぺんでこの香りに酔った。男は気がつくと、娘の細い肩を自分の胸に抱いていた。白い肌と、蜜《みつ》の甘さを持つ唇は、娘の髪が赤いことを忘れさせた。

娘は見ず知らずの男の重みの下で、恐怖ではなく、悦《よろこ》びの涙に打ち震えていた。

（この私を欲してくれる男が、この世の中にいた。ああ、これは奇跡だ。待っていた時がやっと訪れたのだ！）

初めての痛みに刺し貫かれたとき、娘はこの痛みが自分の髪を黒く変えるのではないかと思った。そして、男の背に血が滲《にじ》むほど爪をたてながら、思いつめていた。

（もう、この男のそばを離れない……）


二人は共に暮らし始めた。娘の目には、それまで色を失っていた景色が急に色づいて見えるようになった。男とともに山に分け入り、晩に食べる山菜をみつくろい、沢で魚を釣り、その胸に抱かれながら鳥の声を聞くとき、娘は自分が天国にいるような気さえした。自ら死んでしまいたいと思い悩んだことも、今は遠い昔の話に思えた。

「こうしていつも二人でいられるなら、私はいつまでもいつまでも生き続けられる」

❖底なし沼への妄執《もうしゅう》

娘は自ら情熱的に男を求めた。広くたくましい男の体の上で白い肌を燃やすたび、その炎に焼かれた赤い髪が、少しずつ黒く変わるように思えた。

初めはそうした娘の思いがうれしく、可愛がっていた男も、疲れに身をまかせて寝入ったところを何度も揺り起こされるようになると、次第に鬱陶《うっとう》しく思えてきた。

そのうち男は、

「今日は獣を撃ちにゆく。そいつは女の足ではとうていおぼつかない岩場にいる。だから、お前はここでおとなしく待っておいで」

と理由をつけては、娘を一人家においてて外出するようになった。残された娘はその日一日、

（もし、このまま男が帰ってこなかったら……）

という恐れに身を震わせながら、ただひたすら日が暮れるのを待った。そして、男が獲物を提《さ》げて帰ってくると、夕餉《ゆうげ》の支度も放り出して、男の胸にむしゃぶりついた。

男は、体にも胸にものしかかる重い物を、煩《わずら》わしげに払いのけた。

男は理由も言わず、黙って一人、森の中に姿を消すことが多くなった。そのたびに、娘は狂ったように、大声で男の名前を呼びながら森中を探しまわった。

（もし、この男に捨てられたりしたら！）

と考えると、いてもたってもいられなかった。切り立った崖《がけ》を山犬のように登り、鋭い刃物のような熊笹《くまざさ》を踏み分け、ひたすら男を探す。男に抱かれて少しずつ黒くなってきた髪が、体中に負った傷から噴き出す血で赤く染まるのにも気づかず、娘は男の名前を呼び続けた。

男の姿を見つけると、

「どうして私を一人にするの！　私はもうお前なしには生きてゆけない。私をこんなふうにしたのはお前じゃないか！」

男の胸ぐらをつかむと執拗に責め立てた。かと思うと、今度は、血にまみれた獣《けもの》のような姿であられもなく泣き崩れ、男の足にすがりつきながら、

「どうか私をお前の女房にしておくれ。一生私のそばから離れないと約束しておくれ！」

と懇願する。

男は疲れた目を向けて女に言った。

「おれはもうこれ以上、この山に住むわけにはいかない。里へ帰らねばならない」

しかし、娘は、どこまでもついてゆくと言い張って、男の足から離れない。

男はこらえきれなくなり、力まかせに娘の腕を振りほどき、叫んだ。

「いくらお前が好きでも、その赤茶けた髪ではどうにもなるものではない！」

娘の顔から一瞬にして血の気が引いた。

「せ、せめてもう少し黒い髪であったなら、共に里へも降りようものを……」

男は慌てて言葉を加えたが、遅かった。娘は両耳を手で被うと、壊れるほどに頭を振って、大声で泣きながら男に背を向けて走り出していた。


いつのまにか日が落ち、闇が森を黒く塗りつぶしたのにも気づかず、娘はただ泣きながら険しい山道を登っていた。

（あの人のために精一杯尽くせというなら、この身を削ってでも尽くしてみせよう。けれど、生まれついての髪の色を変えることなど、どうしたってできはしない）

古木の根に足を取られ、何度も泥の上に転がりながら、娘は自分の運命《さだめ》を怨《うら》み、呪った。泣いて泣いて泣き腫《は》らした目は、次第に視力を失っていった。

ふと気がつくと、かすむ目の前に一人の女が立っている。

女は娘を見ると、片方の眉だけを小さく吊《つ》り上げて笑った。

「その赤い髪のことを、ずいぶんと気に病《や》んでおいでだね」

そして、思わせぶりに自分の黒々とした髪に櫛《くし》を入れながら、

「何をかくそう、この私も、ついこの間までお前と同じような赤毛だったのさ」

と、形よく結い上げた髷《まげ》を傾けてみせた。

娘ははじかれたように女の足元にひざまずき、頭を苔《こけ》むした土にすりつけて頼んだ。

「どうか、どうか、この髪を黒くする方法を、教えてやってくださいませ！」

女は口の端を引き上げながら、もったいぶってこう言った。

「お前ときたら、その身のすぐ近くに魔法の水があるとも知らず、長いこと泣き暮らしているんだから、まったく世話が焼けるったらありゃしないよ……」

かすむ目をこすって見回せば、いつのまに帰りついていたのだろう。そこには慣れ親しんだ我が家の景色が広がっていた。

女はあごをしゃくって、底無しの沼を娘に示した。

「この沼の水で日に三度頭を洗えば、じきに髪は黒くなる」

(ああ、なんと、なんと、こんな近くに、自分のたっての願いを聞き届ける奇跡の水があったとは!)

娘は女の言葉を聞くと、礼を言うのも忘れて、即座に頭を沼の水に浸《ひた》していた。冬近い山間《やまあい》に溜《た》まった水は、頭皮を切り裂くほどに冷えきっていた。それでも娘はおかまいなしにざぶざぶと髪を洗った。娘のまとっていた薄い着物は、飛沫《しぶき》を吸ってひとき黒くなったように見えた。しかし、乾いてしまえば元の色にもどっていた。同じように、娘の髪も、濡れているその間だけわずかに黒くなり、乾くと元の赤毛に戻った。娘は打ちひしがれて女のほうを振り返った。しかし、そのときすでに女の姿はそこにはなく、葉を落とした木々が立ちすくんでいるばかりだった。

娘は自分のちぢれた赤い毛先を指先に巻き取りながら、我が身に言い聞かせた。

「私はとても長いことこの沼の縁《ふち》に暮らしながら、この水の効用をまったく知らずに赤い髪のまますごしてしまった。そんな私の髪が黒く戻るには、きっと多くの時間が必要なのに違いない」

娘は来る日も来る日も、沼の縁で濡れねずみのようになって髪を洗い続けた。吹雪の朝も、大風の晩も、沼に氷が張ればその氷を割ってまで、娘は髪を水の中に泳がせた。指はしもやけに膨《ふく》れ、あかぎれに割れ、爪はすでに形を失っていた。絶えず水を被っていた肌は、もとの張りと艶《つや》を失い、古手ぬぐいのようになっていた。赤い花のような唇も今ではすっかり色を失って青紫色にただれ、男を虜《とりこ》にした芳《かんば》しい香りのもともすっかり尽き果てていた。

それでもなお、娘は髪を洗い続けることをやめようとはしなかった。手の痛みや皮膚の荒れが強ければ強いほど、髪が黒く変わる日が近づいてくるように思えた。

そして、

「これほどの苦しみに耐えたのだから、あの男はきっと私の元に戻ってくる！　髪さえ黒くなれば、あの男は再び私を愛してくれる！」

と、呪文のようにひとりごちていた。

❖娘の体にからみつく無数の蛇

春が来る頃には、娘の指も髪も肩も、足先までも痩《や》せ細り、何も感じられなくなっていた。髪もいっこうに黒くならないばかりか、枯れさらばえたすすきの穂のように赤茶けて抜けかかっていた。なお諦めずに水辺で髪を洗う姿は、もう娘ではなかった。そこにうずくまるものは底なし沼に住む山姥《やまんば》の姿であった。目こそ涙と水ですっかり利《き》かなくなっていたが、代わりに耳が研《と》ぎすまされ、隣の山まで届くようになった。

その耳で、ある日、娘は思いがけない言葉を聞いた。

「馬鹿な娘よ。私のみえすいた口車にやすやすと乗って、山姥に身をやつすとは。さあて、私は娘から奪ったあの男と楽しい毎日を送ることにしようかねぇ」

娘は聞き覚えのある女の声に、体中の血が沸き立った。

(よくもこの私を騙《だま》したな!)

娘は家にとって帰り、大きな出刃包丁を持って戸口を飛び出した。研ぎすまされた耳を頼りに獅子《しし》のような速さで森を駆け抜ける。

(あの二人を殺してやる!)

赤い髪を逆立てて娘は走った。いつか男と魚を釣ったせせらぎを、水飛沫を上げて駆け抜けた。山鳥が脅《おび》えて声を上げた。里が近づいてくる。研ぎすまされた耳に、懐かしい男の笑い声が、はるか向こうからこだまのように聞こえてくる。

(私と暮らしていたときと変わらない、男の優しい笑い声……。ああ、あの人は元気でいたのだ……）

肌のぬくもり、死に急ごうとした自分を引き止めてくれた力強い手……。

そんなものを思い浮かべているうちに、娘の足どりは次第に力を失っていった。

（後にも先にもたった一人、この私を愛してくれた男ではないか……）

見えない目からこぼれる涙が風に散ったとき、娘は元きた道をとぼとぼと引き返していた。

（あの男は私のすべてだった。私の悦びと楽しみは全部あの男とともにあった。私はどこからが自分で、どこからがあの男なのか、境がわからなくなるほどにあの男を愛した。そんな男を、とてもこの手で殺してしまうことなどできない……）


いつの間にか娘は沼の縁に帰りついていた。そして、持っていた包丁を逆手にかまえると、自分の髪をつかんで、その根元からぶっつりと断ち切った。切り取られた髪の束は、手のひらの中で生まれたばかりの雛《ひな》の毛のように、はかなく風にそよいだ。

（こいつが、私の一生を台無しにしたんだ！）

どこにもぶつけようのない怒りを込めて、娘はその髪を沼の水面に向かって力いっぱい投げつけた。髪は水面に環を描いて広がったかと思うと、ゆらゆらと揺れながらゆっくりと沈んでいった。

次の瞬間、にわかに波紋が揺らぎ、鉄砲水のように沼の水が溢《あふ》れだした。そして噴《ふ》き上がる水の間から無数の蛇が躍り出てきた。無数の蛇はびちびちと音を立てながら、娘の手といわず足といわず、体中にまとわりついた。娘の体は見る見るうちにぬめぬめとした一つの黒い塊《かたまり》となって、ずるりずるりと沼の中に引き込まれていく。

沼の奥深くに沈みながら、体を包む水に涙を溶かして娘は泣いた。

「どうして私だけがこんなにつらい目に遭わねばならないの！　生まれついて赤い髪という宿命を背負った上に、一生をかけて愛した男に捨てられ、恋敵に騙され、そしてまた一人、こんな暗く冷たい水底《みなぞこ》で一生を終えなければならないの。いったい、私がどんな罪を犯したというの……。この世に神などいるものか！」

娘は最後の力を振り絞って叫んだ。

すると、どことも知れぬ水底から太く静かな声が響いてきた。

「お前の罪、それは自分を呪ったことだ。変えることのできない宿命を受け入れないその心根《こころね》が、愛する男の心から優しさを奪ったのだ。恋敵の手管《てくだ》にまんまと乗せられたのだ。お前が自分の身を怨む気持ちが鬼を呼び、その身をも鬼に変えたのだ」

地獄の底の亀裂から湧いてくるようなその声には、不思議な静けさがこもっていた。

娘は、体を芯《しん》から凍らせていた沼の水が、いつしか懐かしい温かさに変わっていることに気がついた。まるで生まれる前に母親の胎内にいたときのような、なんともいえないやすらぎと慈愛に満ちた温度の中で、娘は娘の姿に戻っていった。

もう、目を開かなくても、娘には世界中のあらゆるものが見えた。沼の底にいるのに、高い天空を鳥になって飛んでいるような気がした。眼下には、生まれた村が広がっている。誰もがみな額に汗を浮かべて懸命に土と闘っている。親に死なれた乞食《こじき》の子ども。老いて体の利かなくなった老人たち。片目を失った犬も、絞められるために飼われている鶏すら、みな命に満ちて鮮やかだった。すべてが明るく輝いていた。

（まるで、あの男と暮らしていたときのようだ）

娘は思った。

（これはどうしたことだろう。あの男はもういないのに、淋しくもない。辛くもない。そして今は生まれてこのかた感じたこともない静かなやすらぎが胸の中に広がっている……）

この心の言葉を聞き届けたかのように、太い声が静かに答えた。

「ここは誰もが恐れて避けて通る暗い沼だ。しかし、その沼の中に自ら身を浸すことで知ることもたくさんある」

娘はうなずいた。すると、娘の体にからみついていた無数の蛇が、糸を解くように、見る間に離れていった。そして、娘の体は明るいほうへ、日の射す水面のほうへと自然に浮き上がっていった。

娘が水面から顔を出したとき、視力は黒く大きな瞳に戻っていた。娘は水から上がって頭を振り、短い髪の水滴を払った。

もはや、髪が赤かろうが、短かろうが、いっこうに気にはならなかった。

娘は、沼に向かってこう呼びかけた。

「私はこの沼の守番になりましょう。そして、これまでの私のように自分を呪う者を招いて、その苦しみをこの水で癒《いや》す術を教えましょう。それが私の役目です」

その沼への地図を持つ者はどこにもいない。しかし、その沼で悲しみや怒りを癒した者は大勢いる……。

■原典『日本昔ばなし』を読む――赤い髪の娘■

〝醜形恐怖《しゅうけい》〟におののく女性の葛藤と恋愛心理

『赤い髪の娘』は、長いこと男と女の恋愛顛末記《てんまつき》として語られてきました。

生まれつき髪が赤いという悲しい運命《さだめ》に生まれた娘が、運悪く心ない男に身も心も捧げる恋をしてしまう。定石通り、娘はさんざん弄《もてあそ》ばれたうえに、捨てられるばかりか、恋敵《こいがたき》にも騙されてしまいます。そして悲しみのあまり、自らの命を絶つという、どこまでも哀しく、暗く、救いのない話です。

同じように主人公がハンディを持って生まれた『浦島太郎』や『灰かぶり姫』が、困難を克服してみごと幸福を手中に収め、爽快感を誘うのに比べると、この話はエンタテインメント性に欠けるばかりか、強すぎるほどのリアリティを持って私たちに迫ってきます。子どもたちにもう一度、と請われて伝承されるスーパーヒーロー（ヒロイン）が存在しないこの種の話が長い間生き続けてきた理由は、そこに、親が子に伝えたい重大な教訓が含まれていたからにほかなりません。

西本鶏介氏は、その著書『無邪気な大人のための残酷な愛の物語』の中でこの話を取り上げています。虐《しいた》げられて、愛に泣かされても、決して屈服しようとしない女の「業《ごう》」。男を奪い取ってもなお、相手を追いつめずにはおかない女の情念の恐ろしさ。それらを強調し、嫉妬《しっと》によってでは愛の勝利者になり得ないことを伝えた物語として紹介しています。

確かに、このストーリーを牽引《けんいん》していく原動力は、女たちの一途《いちず》な愛と、それゆえの嫉妬のエネルギーです。しかし、その一方で、全編を通じて流れ続ける娘のコンプレックスに対する執着をもまた、見逃すことはできません。

最近、美容整形をごく一般の人々が利用するようになりましたが、「醜形恐怖症」という新しい心の病が話題になっています。自分の顔が醜《みにく》いという極端な思い込みから、対人関係や仕事などうまくいかないことをすべて顔のせいにして、目を手術すれば次は鼻、顎《あご》、唇《くちびる》と、気にいらない、受けいれられないところがあるたびに手術を繰り返してしまうという神経症の一種です。

娘が男を失った最大の原因は、自分の髪が赤いが故に、いつか捨てられるという恐怖心から男を束縛し、窒息させてしまったところにあります。髪が赤かろうが黒かろうが、四六時中つきまとい、むやみやたらと結婚を迫るような女では、男が鬱陶《うつとう》しいと感じてしまうのも無理はありません。

赤い髪にもかかわらず、一度は自分を好いて可愛がってくれた男を信じきれない。自分の「心の弱さ」をすべて髪のせいにしてしまう娘の心理は、整形を繰り返す現代の少女たちと何ら変わるところはありません。

そして、全編を見渡して気づくのは、娘を赤毛に生んでしまった両親や、娘をとりまく村人といった存在がいっさい登場しないことです。加えて、恋敵の女の登場のしかたがあまりに唐突であることや、その行為の極端さ、つまり、すでに男の愛を勝ち得ているにもかかわらず、さらに娘を鞭《むち》打ったり、最後の場面で（愛する男はさておき）娘がこの女を刺し殺さないことなどを考えると、この女が本当に存在したのかどうかも疑問に思えてきます。女は、娘の思い込み、自己否定が見せた幻ではなかったのか……。

娘のコンプレックスを、一瞬だけれど受容してくれた唯一の男、そして自己否定の象徴としての女。この構図は娘の心の葛藤《かつとう》そのものであり、心理学的な見地からすれば、この話はありのままの自分を愛することができない娘の自滅の物語といえるでしょう。

ビジョン心理学のオーソリティであるチャック・スペザーノ博士は、嫉妬は、相手への依存や執着、また相手からの拒絶と相手を喪失することへの恐怖、そして、自分には相手の愛情を受け取る資格がない、それほどの価値がないという思い込みが混在したものと説明しています。

自分自身を愛することができなければ、恋人や家族、友人がどれほど愛情を傾けてくれても、それを受け取ることができません。自分自身が自分の価値を認め、自信と誇りを持たない限り、他の誰かがそれを与えてくれることはないのです。

この物語は、そうした普遍の教えを内包して、口から口へと語り継がれてきたようです。

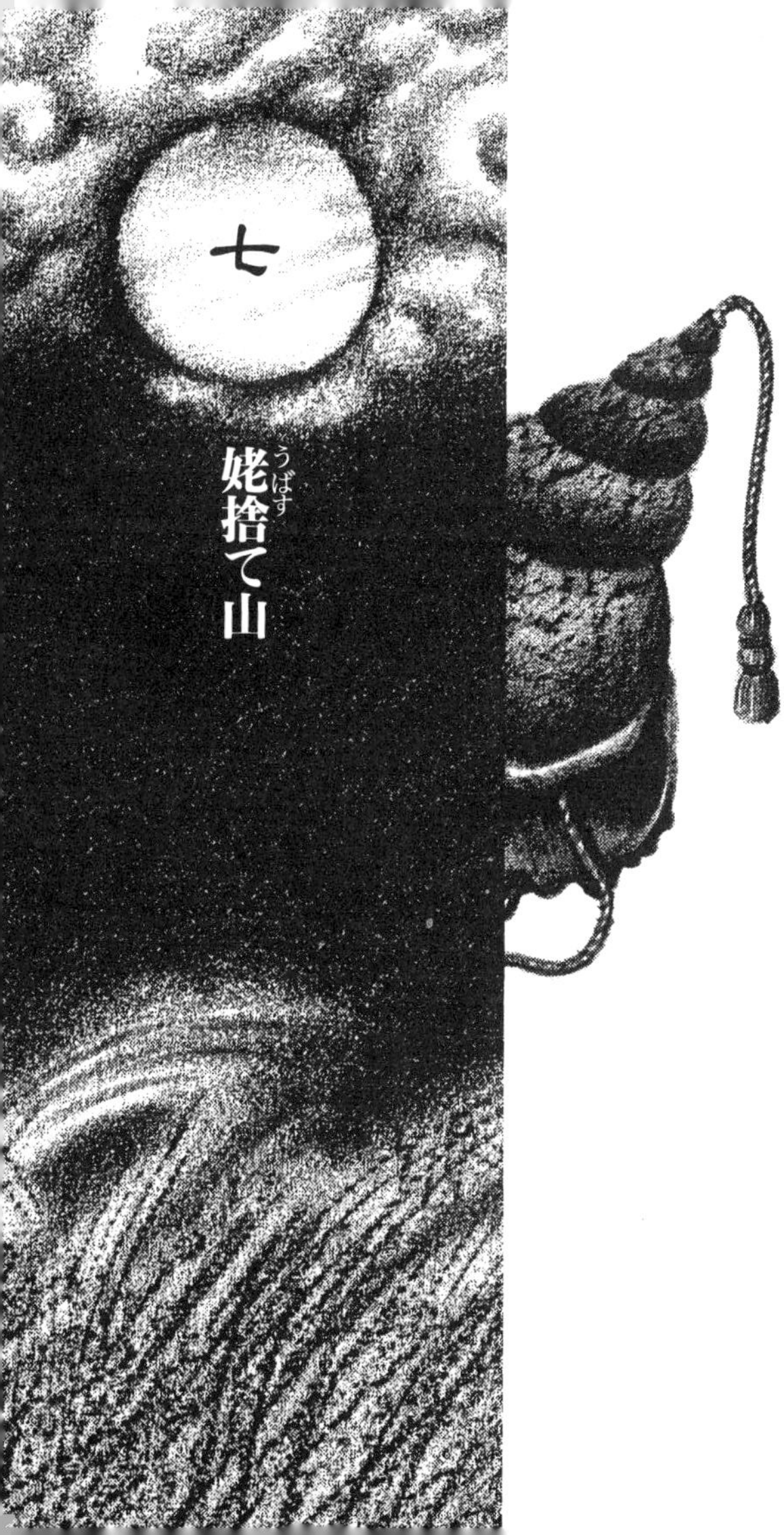

七

姥捨《うばす》て山

「ギャーッ！」

小屋の中から、絞り出すように長く尾を引く女の叫び声が上がり、静かな山々にこだました。しかし、じきに、降り始めた雪に吸い込まれるように消えていった。

すると、小屋から勢いよく炎が燃え上がり、辺りを血の色に染めた。その炎にしんしんと雪が降り積もる。やがて、炎は火勢を失い、真っ黒な煙が一筋立ち昇った。そして、再び、凛《りん》とした静寂が山に戻った——。

男は、ハッとして目を覚ました。夕餉《ゆうげ》前のひととき、うつらうつらしていたのだった。

耳には女の叫び声が残っている。一体、あの声は夢か現《うつつ》か……男は訝《いぶか》しげに首を捻《ひね》った。男の妻は、昼前にふらりと家を出たきり、まだ戻っていない。背中を丸めた老母が土間に立ち、心なしか嬉々《きき》として夕餉の支度《したく》をしている。

その老母の丸い背を見て我に返った男は、今日までの綱渡りのような日々を思い出した。

それは、秋が始まったばかりの、月がとても明るい晩のことだった。

月明かりに照らし出された山の頂を見上げて、男は大きなため息をついた。

「俺ぁ、とんでもねぇ事を、してるんじゃないだろうか……」

ざわざわとブナの葉が擦《こす》れ合う音が、近寄ってきては消えていく。ぬかるんだ山道を踏みしめる足が地面にのめり込む感触が、実に不快だった。

「わしも、この山で生まれ変わるんじゃろか」

男に背負われていた老母が、ふいにしゃがれ声を発した。

「えっ？」

男は思わず首をねじ曲げて、背負っている老母の顔を見た。

「昔から、皆言っとった。山の峠は、あの世とこの世との境界なんじゃと」

老母は、辺りにゆっくりと視線をめぐらせながら続けた。

「この山を登ってきなさる年寄りどもも、峠で生まれ変わって、また村に降りていくんじゃと」

男は、母親の言葉にギョッとしたのが、昨日のことのように思える。

男の住む村では、六十歳になった者は労働力の低い年寄りとみなされ、食いぶちを減らすため、村外《はず》れの山の峠に捨てるのが掟《おきて》だった。そのため、いつの頃からか、人々はその山を姥捨て山と呼んでいた。

姥捨て山に老人たちが捨てられるようになって、村人たちの生活はわずかばかり楽になったものの、山に老親を置き去りにした家の者たちには災難が降りかかった。

ある者は精神に異常をきたし、ある者は目が見えなくなった。またある者は手足が腐り、やがてはむごたらしい姿で死んでいった。

捨てられた老人たちが悪霊となって生まれ変わり、自分を見捨てた家族に祟《たた》っているのだという噂が流れたことがある。

だから、「生まれ変わる」という母親の言葉を耳にして、男は正直ぞっとしたのだった。

男は、村では評判の孝行息子で、嫁をもらっても、それは変わらなかった。母親が六十歳になっても、男はどうしても母親を捨てにいくことができず、その日を日一日と先延ばしにしていた。

男の様子にたまりかねたのか、ある日、妻は男を怒鳴りつけた。

「あんた！　いつまでたってもかか様、かか様って。子どもじゃあるまいに、母親がいなけりゃ、何一つ満足にできないのかい！」

長く伸びた髪を振り乱し、妻は男に迫った。

「六十を過ぎた年寄りを捨てるのは、村の掟だ。それを破ったらどんな目に遭わされるか、あんた、わかってんのかい！」

妻の気持ちも理解できないではなかった。実際、掟を破れば死罪は免れなかった。

「それは、わかっているんだども……」

「ふんっ！」

しかし、そっぽを向いた妻の口から独り言のようにこぼれた言葉は、男の背中に冷水を浴びせた。

「明日になったら、あの婆様を殺してやる」

「こ、殺すだって?」

男の言葉は、震えて声にならない。

「邪魔者は殺す。こっちだって命がけだ」

ただ事ではないような妻の形相《ぎょうそう》だった。その瞳の奥にはギラギラとした邪念のような光が見てとれた。

「私を裏切ったら、ただじゃおかないよ」

妻の険しい口調に逆らうことなどできなかった。だから、妻に殺されてしまう前にと、男は意を決して老母を背負い、姥捨て山を登り始めたのだった。

❖山姥《やまんば》と化した老人たちの怨霊

いつしか日はとっぷりと暮れていた。秋の夜の湿った空気が、着物の隙間《すきま》という隙間から忍び込み、体をじっとりと濡《ぬ》らした。その時だった。

「そら、婆様が泣いとる」

老母は面白がってでもいるように言った。

男は気味が悪くなって、右手に広がる木立《こだち》の奥をのぞき込んだ。果てしなく続くかと思われる闇が、ただひっそりと息を潜《ひそ》めて、こちらを窺《うかが》っているようだった。

老母は、よろよろと腕を上げて指差した。

「楡《にれ》の木の真ん中に、ほれ、大きな天狗岩《てんぐいわ》があるじゃろ。あれも、捨てられた婆様が生まれ変わって、石になったもんだと言われとる。夜な夜な、悲しそうに泣き声をあげるんじゃと」

別名、婆石とも呼ばれる天狗岩が、二人を見下ろしていた。

「わしなどは、山姥《やまんば》のごつ恐ろしげな妖怪に生まれ変わって、旅人や牛飼いを食うてしまうのかもしれん」

老母は、悲しみに曇《くも》った瞳で、目の前にそびえ立つ岩肌を見つめていた。月が山の真上に差しかかる頃、二人はやっと目的地に辿《たど》り着いた。雑木の連なる林の奥に、山姥でも住んでいそうな掘っ建て小屋がポツンと建っていた。

その周辺は見るも無惨な有り様だった。あちらこちらに、狼《おかみ》にでも食い荒らされたあとのように骨や肉片が転がっていた。野犬やカラスがうろついている。成仏《じょうぶつ》できずに山姥と化した老人たちの怨霊《おんりょう》がさまよっているといわれるのが少しも不思議ではない気がした。そして、今も、怨霊どもはじっと様子を窺っているに違いない。年老いた母親を、こんな荒れ果てた山奥に置き去りにしようとしている息子の姿を。

「祟りか……」

男には光る獣たちの目が、暗闇にうごめく老人たちの怨霊の一つひとつであるかに思えた。目障《めざわ》りなカラスを泥だらけの足で追い払うと、男はゆっくりと老母を背中から降ろした。

「かか様……」

息子の憔悴《しょうすい》しきった顔を見て、老母は何度もうなずいた。

「わしは大丈夫だ。お前こそ達者でな」

「かか様、本当に申し訳ねえっす。許してくだっせえ」

男は言いようのない悲しさに涙が溢《あふ》れた。男は思いを切って老母に背を向け、山を下り始めた。老母と登ってきた細く長い山道が、月明かりにぼうっと白く浮き上がって見える。よく見ると、男の足どりを辿るように小枝が山道に点在していた。男が不思議がっていると、背後に老母の歌う声が聞こえてきた。

奥山に　しをる栞《しおり》は誰のため
身をかき分けて　生める子のため

「わしは、どうなってもいいんだが、お前が帰り道を迷わんようにと思ってな」

老婆の言葉が終わるか終わらないかのうちに、突然、地鳴りが起きて地面が割れた。足元から突風が吹き上げ、地表はあっという間に男のほうへぱっくりと口を開けた。

「うわーっ！」

男は思わず頭を抱え、その場にしゃがみ込んだ。意識が遠のいた。

ふと気がついてみると、いつの間にか風はやみ、地表の裂け目は閉じられ、辺りは元通りのしめっぽい闇に包まれていた。

（今のは何だ？　……夢でも見たのだろうか？）

男が振り返って老母を置きざりにしたほうを見ると、母親は何事もなかった様子で男を見送っていた。

男はしばらく無言で母親を見つめていたが、ふいに老母の元に駆け寄った。そして、再び老母を背負うと、今来た山道を早足で下り始めた。口の中はカラカラに渇《かわ》き、大きな石を飲み込んだような異物感に喉《のど》の奥が鳴った。男は母親が憐《あわ》れでならなかった。捨て去ろうとする瞬間まで子を思う親の愛情の厚さに打ち震えていた。しかし、同時に、母親のその情念が恐ろしくも思えた。

男はそのまま老母を連れ帰り、妻にはもちろん、誰にも内緒で家の床下に匿《かくま》ったのだった。

それからがまた、一苦労だった。

山から戻った男は翌朝、妻が目を覚ます前に起きた。妻の行動が気になったからだ。妻は起きるなり、老母がまだ家のどこかにいるのではないかと、狭苦しい家の中を見て回るかもしれなかった。

❖呪文のような「村の掟」

妻が起き出してきた。妻には、嫁いできて初めてと思えるような、すがすがしい朝であったに違いない。妻は、畑仕事姿の夫の泥まみれの着物や草履を見ながら、さも当たり前だという口ぶりでこう言った。

「あんた！　言った通り、ゆうべはちゃんと火を点けてきたんだろうね」

「あ、ああ」

男は妻を見ずに、普段よりさらに小さな声で答えた。妻にじっと見られると、男は何も言えなくなってしまう。

「焼かなくてはダメなんだよ」

妻は、どこか遠くを見るような眼差《まなざ》しで続けた。

「ちゃんと焼き殺さないから、村の者は祟られたりするんだよ。フフフ……」

妻の含み笑いを聞いて、男は昨日の妻の言葉を思い出し、身震いする思いをした。男が山に出かける前のことだった。妻は、姥捨て山に登ったら、かやで小屋を作り、その中に老母を入れて火を点けろと言ったのだった。

「そんなこと、できるはずがない！」

びっくりして男が言うと、

「大切なかか様が、狼どもに食い殺されてもいいっていうのかい。目ん玉や鼻が食いちぎられて、むごたらしい肉の塊《かたまり》になるんだよ」

妻の目は血走り、まるでそれは、目をつけた獲物をどうやっていたぶり殺そうかと狙っている、見たこともない生き物の住んでいる目だった。

妻は家で飼っている兎《うさぎ》を食卓に並べたことがあった。自分になつかないことに腹を立て、絞め殺して皮を剥《は》ぎ、焼いてしまったのだ。そのときと同じ目をしていた。

「焼き殺すのが、結局は婆様のためだ。しかたないじゃないか。……村の掟《おきて》だよ。フフ……」

妻の最後の言葉は、暗示をかけるときの呪文のように男には聞こえた。

（村の掟……）

男は日に三度、こっそり床下に降りては老母に食事を運んだ。しかし、自分の食べ物を分け与えるだけでは足りず、畑仕事に行き来するかたわら、盗みを働いた。近所の畑から農作物を、また、墓や地蔵の供え物を盗んでは、床下の老母に持っていった。背に腹はかえられなかった。母と生きていくためだった。

男は毎日、妻に気づかれないよう、床下の老母に細心の注意を払った。そんな綱渡りのような日々が、何カ月続いた頃だろう。ある日、村一番の早耳である牛飼いに呼びとめられたのだった。

「もしもし、お前さん。面白い話を聞きたくはないか?」

男は、全身からサッと血が引くのがわかった。母親を匿っていることに気づかれ、こいつは自分をゆすろうとしているのかもしれない、と男は身構えた。

「一体、何の話だ」

牛飼いは男に近づくと、耳元でこう囁《ささや》いた。

「お城は今、大変な騒ぎさ」

「城が?　何か起きたのかい?」

牛飼いは、意味ありげに大きくうなずいた。

「お隣の大国から献上品の要求があったらしいんだが、その品物が普通じゃない」

「普通じゃない？　どんな物なんだ？」

「法螺《ほら》の貝に緒《お》を通したものだとさ」

「法螺の貝に緒を通すだって？　そんな無茶な話があるか」

「無茶を承知で言ってきたのさ。攻め込む口実にでもするつもりさ」

自分の秘密がばれたのでないことに、男はひとまずほっとした。

「重役連中は、毎日お城に集まって、この難題をどうしたものかと、頭を悩ましているって話だ」

「へぇ」

「どうすりゃいいかがわかった者は、きっとたんまり褒美《ほうび》がもらえるんだろうな。まぁ、俺たちには縁のない話だが」

その日の夜、いつものように床下に食事を運ぶと、男は昼間牛飼いから聞いた話を母親に聞かせた。

「曲がりくねった法螺貝の穴に緒を通すなんて、無茶な話だな」

男の言葉に、老母は低い笑い声を漏らした。

「なんだ、そんな簡単なこと」

男はびっくりして、老母に聞き返していた。

「かか様には、方法がわかるのかい」

「蜜《みつ》を貝の一方の口に塗っておき、蟻《あり》の足に絹糸を結わえて、もう一方の穴から入れてやればいい。蜜の香りに誘われて、蟻はきっと一方へ抜け出てくるじゃろう。その糸を、だんだん太くすればいいんじゃ」

「はーぁ、なるほど」

男は関心することしきりで、蠟燭《ろうそく》のぼんやりした明かりに照らし出された皺《しわ》だらけの老母の顔を、じっと見つめた。

老母は口元に満足そうな笑みを浮かべると、運ばれてきた粗末な夕食を美味《おい》しそうに食べた。

❖老人の驚くべき巧みな知恵

一晩、男は悩んだ。夕べ母親から聞いた難問の答えを城に伝えに行くべきかどうか迷ったのだった。掟を破ったという後ろめたさがある。できればお城になど近寄りたくはなかった。それに、もしも留守の間にあの妻が母親の存在に気づくようなことがあったら……。そう思うと、決心がつかなかった。

これまでもずっとそうしてきたように、自分がどうすればよいかを、母親に尋ねることにした。

「かか様、どうしたもんじゃろか？」

いっこうに自立心を持とうとしない息子に向かって、老母はいつも通り優しく言い聞かせた。

「一度、死んだも同然の我が身。人助けができるんならこんなうれしいことはない。わしのことなら心配せんでいいから、お城に行ってきなされ」

母親にそう言われ、やっと決心した男は城へ急いだ。城へ行く道すがら、男は牛飼いの言葉を思い出していた。

「どうすりゃいいかがわかった者は、きっとたんまり褒美がもらえるんだろうなぁ」

男の口元が思わず緩《ゆる》んだ。

城に着くと、あまりの大きさと立派さに、男は怖気《おじけ》づいた。しかし、母親にあれだけ言われてきたのだ、このまま帰るわけにはいかなかった。

「お頼み申し上げます。お殿様に、申し上げたき儀《ぎ》がございます」

男は、門の前で大声を張り上げた。

「法螺の貝に緒が通ったのでございます」

門番は男を追い返そうとしたが、騒ぎを聞きつけた重役の一人が、殿様に事の次第を告げた。すると、男はすぐさま城の裏庭に連れていかれ、重役連中に取り囲まれた。

「あの難題が解けただと」

「馬鹿を申すな。我々でもわからないことが、お前のような奴にわかろうはずがない」

「できると言うのなら、ここでやって見せろ」

「もしできなかったら、即刻さらし首にしてくれるわ」

男は緊張のあまり顔面が硬直して、うまく口がきけない。何かあったときのためにと、母親が書いてくれた覚書《おぼえがき》を持っていたことを思い出した。

「こっ、これを」

やっとの思いでそれだけ言うと、覚書を懐《ふところ》から取り出し、震える手で差し出した。

「なんだ、これは」

一人がそれをひったくり、大声で読み上げた。すると、今まで男ににじり寄っていた重役たちの顔つきが見る間に変わった。

「なるほど、これなら、うまくいくかもしれんぞ」

「ひとつ、やってみようじゃないか」

果たして、老母が言う通り、法螺の貝に緒は通った。

「この覚書は、誰が書いたものじゃ？」

その様子を見ていた殿様にこう問われ、男の動悸《どうき》はいよいよ速くなった。

「妻にございます」

男の額からは、脂汗が噴き出していた。殿様は、今まさに獲物を射ぬかんとする狩人のような目で、男を見据えた。

「良き妻を持ったわが身の幸運に感謝するのだな。あれを持って帰るがよい」

殿様が指し示したものは、年貢として取り立て、城に集められていた米俵であった。

それからしばらくたった、ある雪がちらつく寒い朝だった。新しく出されたお触書《ふれがき》の噂が村中を駆け巡った。

「これを作ることができた者には褒美をやる……と書いてあるぞ」

「なに、灰縄千束《はいなわせんぞく》だと？　馬鹿馬鹿しい」

城では、隣国からの二つ目の要求に、ただ慌てるばかりであった。

「国中にお触れを出したが、灰で縄を綯《な》うことができる者などいないだろう」

「どうしたらいいものか……」

朝の食事を運ぶついでに、男はお触書について、また老母に話して聞かせた。

「灰で縄を綯うなど、見たことも聞いたこともない。なぁ、かか様」

すると老母は、笑みをたたえ、

「海水に浸《ひた》した縄をよく乾かしてから燃やせば、灰縄ができるだ」

母親に言われた通りに灰縄を作って城に持っていくと、殿様はとても喜び、たくさんの米俵が与えられた。

それからまた幾日かが過ぎた。村にはまた、新しいお触れ書きの立て札が立てられた。

「次は、打たぬ太鼓の鳴る太鼓だと」

「今度は、この難題を解く者には、望み通りの褒美をやる……とあるぞ」

隣国からの要求は、次第にその困難さを極め、ただただ、こちらの国を苦しめて楽しんでいるようなものだった。殿様は困り果てた。

「どうして、こんな無理ばかり言ってくるのか……。要求に答えられないのをいいことに、今度こそ攻め入ってくるに違いない。くそっ、もはやこれまでか」

男は立て札を見るなり急いで家に帰ると、床下にもぐり、三つ目の難題について母親に話した。

「今度は、打たぬ太鼓の鳴る太鼓だ。かか様には、おわかりか？」

老母は、じっと黙ったままだった。それは、答えを考えているのではなく、答えてよいものかどうか、迷っているための沈黙に思えた。しばらくすると、老婆はぽつりと呟《つぶや》いた。

「この国を救うためじゃ、仕方ない……」

そしてニコリともせずに、こう言った。

「小さな太鼓の革をはがして、その中にくまん蜂《ばち》をいっぱい入れるんだ。紙をはって、紙じゃよ紙。釘《くぎ》を打ち直せばいい」

「ありがとう、かか様」

男が急いで行こうとするのを、老母は引き止めた。

「いいかい、『この太鼓は、必ず一人、寝床で聞くこと』という手紙を書き添えるように言うんだよ」

「ああ、わかったよ」

男には、その言葉の意味まではわからなかった。

城では、殿様がたいそう機嫌よく男を迎えた。

「なに、打たぬ太鼓の鳴る太鼓なるものを、作れると申すか?」

「はい」

男は母親に教わった通りを殿様に告げた。殿様は感心して何度もうなずき、

「本当に、お前は良き妻を持ったものだ。約束通り、何でも望みの褒美を取らせるぞ。遠慮なく、申してみよ」

男は少し迷ったが、恐る恐るこう言ったのだった。

「実は、難問を解いたのは妻ではなく、六十を過ぎた私の母親なのです。どうか、母と一緒に暮らすことをお許しください」

男の言葉を聞いた殿様は、老人の知恵は利用価値があるものだと考え、姥捨ての掟を即刻廃止した。

こうして、男はいさんで家に飛び帰ってきたのだった。

だが、家には妻はいなかった。床下から出された老母にわかるはずもない。嫁に代わって、老母が夕餉の支度に土間に立ったのだった。

❖燃え上がる嫁の体

その頃、嫁は山にいた。しかし、男は知る由《よし》もなかった。

男が三つめの難題の答えを老母から聞き、殿様に知らせに行こうと家を出た直後のことだった。普段なら慎重を期すはずなのに、そのときは床下へ通じる板が少しばかりずれていることにまったく気づかずにいた。

しばらくすると、下から風に煽《あお》られ、床板がカタカタと鳴り始めたのだった。

「床下に鼠でもいるのか？」

不審に思った嫁は、床板を力まかせに持ち上げた。

（……！）

そこには、姥捨て山で焼き殺されたはずの老母が、たくさんの米俵をかき抱くようにして座っていたのだ。

「ヒーッ！」

嫁は老母の怨霊が現れたのかと、取り乱しそうになった。しかし、老母のおびえた様子を見てとって、すぐに冷静さを取り戻した。

「お前、死んだのではなかったのか。そこで、何してる？　その米俵は何だ？」

続けざまに詰問した。

老母は本当のことを言えば、息子が嫁にひどい目に遭わされるやもしれないと思った。とっさに村に昔から伝わる逸話を、その場しのぎの言い訳に使った。

「打ち出の小槌《こづち》じゃ。それで望みをかなえたんじゃ」

「打ち出の小槌？　何のことだ」

老母は嫁に語ってきかせた。

山に捨てられたある老婆は、小屋に入れられ、火を放たれた。燃え上がる小屋からなんとか逃げ出し、その火に当たっていると、鬼の子が現れた。すると鬼の子は、思う事が何でも叶《かな》う打ち出の小槌を老婆に授けた。

「その打ち出の小槌とは、米俵でも着物でも、叩けば好きなものが何でも出せるんじゃ」

と、老母は弾《はず》んだ声で言った。

最初は訝《いぶか》しく思っていた嫁も、徐々に老母の話に引き込まれていった。そう言われてみれば、小さい頃にそんな噂を聞いた覚えがあった。

嫁は、老母が羨《うらや》ましくてならなかった。そして何としても、自分も打ち出の小槌を手に入れてやると思いを決めた。

居ても立ってもいられず、嫁は姥捨て山に向かった。初冬の山道を登るのは、ひどく難儀であったが、自らの尽きぬ欲望に我を忘れ、必死で目的地をめざした。

やっとの思いで山頂に到着すると、嫁は老母に言われた通り、かやで小屋を作ると中に入った。

「まだ鬼は現れんか。さぁて、小槌で何から出してやろうか」

思いを様々にめぐらしほくそ笑んだ嫁は、言われたままに、かやに火を点けた。山を渡る乾いた寒風が小屋をなでていく。すると、火は瞬《また》く間に小屋全体を取り囲んだ。

「熱い！　誰か、ここから出してくれ！」

嫁は小屋から出ようともがいたが、青白い炎がその体をあっけなく飲み込んでいた。

「ギャーッ！」

体が溶け出すかと思うような熱さに、嫁は断末魔を上げた。火は、完全に嫁の体と一体となり、ぼわっとまたたくまに燃え上がった。

男は、もう一度、土間でのろのろと立ち働く老母の丸まった背中に目を遣《や》った。家を出たまま帰ってこない妻のことは忘れ、母親と二人で暮らしていこうと心を決めるのだった。

そして男は、夕餉のあとにでも最後の難題の添え書きの意味を聞いてみようと思った。

不思議なことに、隣国からの無理な要求は、ぴたりとやんだ。

「よかった、よかった。きっと我が国には知恵者がいると、恐れおののいたのであろう」

「いいえ、お殿様。なんでも隣国の殿様は、ある夜、寝床で突然心臓が止まり、亡くなられたそうでございますよ」

■原典『日本昔ばなし』を読む──姥捨《うばす》て山■

「姥《うば》捨《す》て伝説」に見る母性の魔力と孝行道徳

母親にとって、息子とは、特別な存在だといわれます。昔ばなしにも、母親と息子の密な関係がよく見られます。これは、いつまでたっても母親から自立できない息子と、必要以上に息子を甘やかし、自立させまいとする母性本能の利己的な側面を描き出すモチーフとなっているからです。

「象徴的な母親殺しが行われて初めて、自我は相当な自立性を獲得する」と、臨床心理学の河合隼雄《かわいはやお》氏は言っています。

つまり、人間の内的成長過程を反映する昔ばなしの中では、主人公の自立を描く上で、母性の否定的な側面を語る必要性が大きかったと言えるのです。母性の持つ魔力とは、「いくつになっても息子は自分のもの、他の女にはとられたくない」という女の本性であり、また息子の人間としての内面的成長を妨げ、赤ちゃんに戻して自分の中に再び取り込もうとする力なのです。

山の彼方とは、あの世とこの世の接点だと考えられてきました。また深層心理学の分野では、深い山や森を無意識の世界の象徴と捉《とら》えています。そんな深い山の奥に老人を捨てるという内容の説話が、全国に多くあります。

しかし、歴史的事実として、棄老《きろう》の習俗はなかったとされています。実は、『姥捨て山』は、人に孝行の大切さを説く昔ばなしなのです。

老親を山（あの世）へ連れていく、または山（無意識の世界）へ追いやるという行為が象徴するもの（現代にも通じる観念）は何か。民俗学的見地からは、姥捨て伝説と葬制との関連、また隠居制や厄年との関連も指摘されています。

みなさんが子どもの頃に聞いた『姥捨て山』の話は、枝折型（息子の帰り道を心配した老母が枝を折る。その親心に打たれて連れ帰る）や難題型（隠しておいた老人が難題を解き、棄老の掟《おきて》が撤廃される）がほとんどではないでしょうか。

しかし、各地の姥捨て伝説の中には、福運型（嫁が山中で姑《しゅうとめ》を殺そうとするが、危難を逃れた姑が富を得、まねた嫁は死ぬ）という話も言い伝えられています。『姥捨て山』の話は、古くは『枕草子』に難題型があるとされ、また、『大和物語』の信州更科《さらしな》の姥捨山が、福運型の一変型であるといわれています。

八

天道さんの金の鎖

夜明け前、山の麓《ふもと》の小さな一軒家から明かりが漏《も》れた。母親が朝食の支《し》度《たく》を始めたのだろう。野菜を刻む音がし、味噌《みそ》汁の匂《にお》いが漂《ただよ》ってくる。家には母親と五人の兄弟が住んでいた。母親は、朝早くから夕暮れどきまで野良仕事に精を出す働き者だった。

仕事に出かける前、母親は子どもたちに向かって言った。

「母さんの留守中に知らない人が訪ねてきても、決して戸を開けるんじゃないよ」

「大丈夫、わかっているよ」

母親のいつもの言葉に、長男は少し面倒くさそうに答えた。母親は、長男のおざなりな返事をたしなめるように言った。

「本当にわかっているのかい。暗くなると、恐ろしい山姥《やまんば》がうろつくから、ちゃんと用心しなくちゃだめだよ。それから弟たちのこと、頼んだよ」

長男は、欠伸《あくび》をかみ殺しながら「はい、はい」と、返事をした。寝不足気味だった。かんの強い末子の赤ん坊が夜中にひどく泣き、中途半端な時間に起こされたせいだった。

「返事は一度でいいだろ」

「わかってるよ」

長男は横を向き、わざとぶっきらぼうに言う。十一歳になる長男には、このところ母親が口うるさく感じられてしかたなかった。

「ねえ、母さん、山姥ってなに？」

四つ年下の次男が話に首を突っ込み、茶目っ気たっぷりの目で母親の返事を待った。

「耳まで裂けた口で、子どもを捕って食ってしまう怖い女さ。普段は山奥に住んでいるけれど、夕暮れになると、里に下りてくるんだよ」

「本当にいるの？」

「いるよ」

「母さん、怖いよぉ」

甘えたい盛りの五歳の三男は、母親のもんぺに両手でしがみついて言った。母親は、愛《いと》しそうに三男の頭を撫《な》でた。

「できるだけ早く帰るよ。だけど、今日は山奥の村へ草刈りの手伝いに行くから、帰りは夜になるかもしれないねえ」

「いやだ、いやだ」

三男は、母親にしがみついたまま半泣きになった。

「夜まで待ってたら腹が減って死んじゃうよ。早く帰ってきてくれなきゃ」

次男がおどけて言った。母親は、おかしそうに笑ったあと、三男にしたのと同じように、次男の頭を撫でた。次男と三男は、いつまでも母親の腰にまとわりついた。

兄弟の中で母親を恋しがるのは、いつもこの二人だった。留守番には慣れているはずなのに、この日は母親から離れようとしなかった。母親が山奥へ行くと聞いて、急に心細くなったようだ。

「早く行かないと、天道《てんと》さまが空高くまで昇っちゃうよ」

長男は、母親と弟たちに水を差すように言った。母親は「あとを頼んだよ」と念を押すと、長男の頭も撫でようとした。だが、長男は体を逸《そ》らして、伸びてきた母親の手を避けた。

母親は、隣村に続く一本道を歩いていく。兄弟は外に出て、手を振って見送った。母親の後ろ姿はだんだん小さくなり、やがて見えなくなった。

母親のあとを追おうとする三男の肩を背後から抱えていた長男は、その手をようやく緩《ゆる》めた。

（やれやれ）

長男は家に戻ると、安堵《あんど》のため息をついた。母親が仕事に出掛けると、いつもほっとする。

兄弟には父親がいない。祖父母もいない。女手一つで五人の子どもを育てる母親は、男衆のように畑で汗を流し、今日のように手伝い仕事の口があると、どこへでも出掛けていく。一家は貧しかったが、身を粉《こ》にして働く母親のおかげで、なんとか食べていくことができた。

だからこそ、長男は、母親が外で仕事をしている間、留守を守り、弟たちの面倒をみた。母親の手助けをしているつもりだった。

不満はない。それでも、この家に母親と一緒にいると息が詰まりそうになる。母親の愛情を重たく感じることもある。家を出ることができたらどんなにいいだろう、と長男は思った。

❖口許《くちもと》にべっとりついた血糊《ちのり》

山間《やまあい》の村は日が暮れるのが早い。日が西の山に隠れると、あっという間にあたりは夕闇に包まれた。

「母さん、まだかな」

三男が長男の顔をのぞき込んで聞く。続けて、次男が心配そうに言う。

「夜道には山姥がいるかもしれないのに。母さん、大丈夫かなあ」

「母さんのことだから、大丈夫だよ」

泣きやまない末子をあやしながら、長男は答えた。しかし、言葉とは裏腹に、内心は母親の帰りの遅さが気になっていた。

そのとき、戸を叩く大きな音が家中に響き、続いて、子どもたちに呼びかける女の声がした。

「母さんだよ、戸を開けておくれ」

「わー、母さんだ!」

次男と三男が歓声を上げ、すぐに土間に下りて戸を開けようとした。しかし、長男は何かひっかかるものがあった。

「ちょっと待て」

長男は弟たちを制した。母の声が老婆のようにしゃがれているからだった。長男は戸口に向かって、きっぱりと言った。

「うちの母さんは、そんな声じゃない」

「う……」

長男の指摘で、女は絶句したようだった。女はどこかへ行ってしまった。

「怖かったね。兄さん、あれが山姥？」

次男が聞いた。

「わからない。だけど、用心しないと……」

長男は、緊張で脇の下にじっとり汗をかいていた。生まれてから一度も山姥の姿を見たことはない。だから、長男は、おおかた大人たちが子どもを脅すために作り話をしているのだと思っていた。しかし、今夜は、本当に山姥がこの世にいるような気分になった。

しばらくすると、再び戸を叩き、呼びかけてくる者がある。

「母さんだよ。今、帰ったよ」

待ちくたびれていた三男が、弾《はじ》かれたように立ち上がった。今度の女の声は、しゃがれていなかった。けれど、たった今、怪しい者が訪れたばかりだったので、長男は用心深くなっている。弟を制すると、戸口に向かって言った。

「本物の母さんなら、手を見せてみろ」

戸口の横に小窓がある。女は言われた通り、小窓から手を差し入れた。

暗くてよく見えなかった。そこで長男は女の手に触れてみた。すると、手の甲は隙《すき》間《ま》なく生える剛毛で覆われているような感じだった。

「お前は母さんじゃないっ。母さんの手にこんな獣《けもの》みたいな毛は生えていないぞ」

長男は精一杯、声を張り上げて言った。女は慌てて毛深い手を引っ込めた。女が逃げるように去っていく足音が聞こえた。足音が遠ざかってからも、長男は高まった胸の動悸《どうき》を抑えることができなかった。外の暗闇のなかに、自分たちを狙う何者かがうろついている。相手の姿が見えないぶん、余計に気味が悪かった。

三たび、戸を叩く音と女の声がした。

「母さんだよ。遅くなったね」

「本物の母さんなら、手を見せてみろ」

長男は緊張した声で言った。女が小窓から手を差し入れた。長男は恐る恐るその手に触れてみた。肌触りが里芋《さといも》の葉に似ている。これは母さんの手だ、と長男は安心して戸を開けた。

　戸口の外に立っているのは、まぎれもなく母親だった。次男と三男が競い合うように母親に駆け寄った。ところが母親は、二人を脇に押しやると、そそくさと土間の台所へ行ってしまう。次男と三男は肩透かしを食ったように、ぽかんとした表情をした。

「鍋《なべ》はどこにあったかねぇ？」

　台所に立った母親は、子どもたちに背中を見せたまま尋ねた。

「鍋は、竃《かまど》の横じゃないか」

　次男が教えた。

「そうだった、そうだった」

　母親はさも度忘れしていたふうに言い、何度もうなずいた。見つけた鍋で湯をわかすと、母親は再び子どもたちに尋ねた。

「お茶の葉はどこにあったかねぇ？」

「棚の上だよ」

　三男が教えた。

「そうだった、そうだった」

母親はまたも知っていたかのように言う。茶筒を見つけて茶を入れると、母親は土間の上がり框《かまち》に腰かけて、一人で飲み始めた。

（今夜の母さんは変だな。まるで母さんじゃないみたいだ）

長男は母親の背中を見ながら思った。母親が、鍋や茶葉の場所を忘れるとは信じられなかった。夕食の支度もしないで、お茶をすする母親を見るのも初めてだ。おまけに、帰ってきてから、ほとんど背中を向けている。まるで顔を見られるのを避けているように……。

「母さん、夕御飯の支度は？」

長男は母親の正面に回り込むようにして聞いた。

「そんなことより、口の中が塩っからくてね。ああ、喉《のど》が渇《かわ》く」

母親はそう言うと、体の向きを変えて顔を背《そむ》け、お茶をがぶがぶと飲む。ちらりと見えた母親の口許《くちもと》に、何か赤いものがべっとりこびりついている。お茶を飲みながら、しきりに口のまわりを舌なめずりする。赤いものは血糊《ちのり》に似ていた。

（やっぱり変だ。母さんがまるで別人になって帰ってきたようだ……。）

「さて、そろそろ赤ん坊にお乳をあげようかね」

母親はお茶を飲み終えると、板の間の蒲団《ふとん》に寝かされていた末の子を抱き上げた。それから部屋の奥にある納戸《なんど》に入り、戸をぴしゃりと閉めた。

「母さんはどうしちゃったんだろう。ご飯はまだなの」

次男が長男に聞いた。長男は母親が消えた納戸のほうに目をやった。そのとき、板の間にくしゃくしゃになった里芋の葉が落ちているのに気づいた。

(どうして、こんなものがここに落ちているんだろう?)

長男は拾い上げ、まじまじと見入った。母親の懐《ふところ》から落ちたものらしい。長男は、その手触りに覚えがあった。さっき小窓から差し出された母親の手のすべすべした感触とそっくりだった。

❖獣のような体毛がのぞく背中

妙な胸騒ぎがした。長男は息を殺して納戸の前に立つと、耳を澄《す》ました。何かを貪《むさぼ》り食うような物音が聞こえる。居てても立ってもいられず、納戸の戸をわずかに開け、その隙間から中をのぞき見た。うしろ向きに座った母親が、背中を丸めて夢中で何かを食べている。

「母さん、何を食べているんだ」

「おこうこじゃ」

母親は振り向きもしないで答えた。

「おれにも一本くれないか」

長男が言うと、母親は自分のかじっていたものの一部をちぎり、「ほらよ」と言って無造作に放り投げてよこした。

長男は、転がってくる棒状のものを拾い上げた。

(……わぁっ!)

長男は手にとった瞬間、反射的に投げ返していた。

おこうこではない。人間の子どもの腕だった。赤みの失《う》せた白っぽい皮膚には、見覚えのある三つ星のような斑点《はんてん》が浮き出ている。明らかに末子のものだった。腕の付け根には、むしり取られたときにくっついてきたのだろう、背中の皮がぶら下がっている。切り口からは生温かい血が滴《したた》り落ちていた。

(あいつは母さんなんかじゃない!)

全身に鳥肌が立った。立ちすくんだまま、女の丸まった背中に目を釘付《くぎづ》けにされた。

女の首筋とわずかに見える左の手首に皮膚の破れ目のような跡。その破れ目から獣のような体毛がのぞいている。長男の背に戦慄《せんりつ》が走った。

女は母親から剝《は》いだ皮を被《かぶ》り、母親に化けているのだろうか。毛深さをごまかすために手の甲を里芋の葉でくるみ、小窓から差し出したのだろうか。もしそうなら、野良着も母親から剝ぎ取ったものだろう……。

生きている望みはなかった。女は出くわした母親を食い、皮を剝がして母親と入れ替わったのだ。なんてことだ、と長男は怖気《おぞけ》と悔しさで唇を嚙《か》みしめた。

突然、納戸が開いた。中から女が出てきた。女の口のまわりには血糊に似た赤いものがべっとりと付いている。目つきが異様に鋭かった。

女の手首は抱いている末子のおくるみで隠れ、見えない。末子の体はおくるみで頭からすっぽり包まれていて、生きているのか死んでいるのか、わからなかった。しかし、おくるみに、みるみるうちに血が滲《にじ》んでくる。おそらく生きてはいないだろう。

長男は怯《おび》えと悲しみの入り交じった目を伏せるしかなかった。伏せた目からポロポロと涙がこぼれ出していた。

「ああ、塩っ気のものを食べると、喉が渇くねえ」

女は、何事もなかったように独りごちながら、再びお茶をがぶ飲みした。

人間の体は塩からいのだろうか。長男は想像するだけで激しい吐き気にとらわれた。

(早くこの家から逃げ出さないと。みんなあいつに食べられてしまう)

長男は力を振り絞って女をにらみつけた。すると、女は、見抜いたかのように、蛇眼のような双眸《そうぼう》で長男を見た。逃がさないよ、女の目はそう言っているようだった。

しかし、女の口から出てきたのは、

「さあ、今夜はもう遅い。早く寝床に入るんだよ。さっさと蒲団《ふとん》を敷きな」

という意外な言葉だった。

「夕御飯は?」

「つべこべ言うんじゃないよ」

次男を制して、女はもうひと口、お茶を飲んだ。女のきつい口調に、訳のわからない次男は、女と兄の顔を交互に見やった。女に逆らって怒らせたら、何をされるかわからない。長男は弟たちをなだめて、寝床の用意を始めた。

家には一組の蒲団しかない。

「小さい子は私の横で寝るんだよ」

女は、右手に四男を抱き、左側には血の滴るおくるみの末子を寝かせた。そして残る三人は、母親の足のほうから逆向きに蒲団に入った。

長男は半身を起こして部屋の灯を吹き消すと、素早く横になった。家の中は闇と静けさに包まれた。長男は暗闇の中で一人、息を殺していた。

どのくらいの時間がたっただろうか。不意に女が四男を抱きかかえて立ち上がり、納戸に消えた。長男はそっと蒲団を抜け出し、納戸の前で耳を澄《す》ました。案の定、ものを食う音が聞こえてくる。

（ああ、また食べられているのか……）

長男は両手で耳を覆った。体の震えが止まらない。

（すぐに、ここから逃げ出さないと……）

長男は寝床へ戻ると、二人の弟たちをそっと起こした。

「起きろ、早くっ」

「なあに、兄さん？」

次男が眠そうに目を擦《こす》る。

「いいか、あの女は母さんじゃない」

「え？　母さんは母さんじゃないか」

「とにかく、ここにいたら危ない。あの女に食われてしまうんだ」

必死で説明するが、弟たちはなかなか納得しない。三男はまだ半分眠っている状態だ。長男はもどかしくなり、つい苛立《いらだ》った声を出した。

すると、その声を聞きつけたのか、女が納戸から出てきた。

「どうして、お前たちはおとなしく寝床に入っていないんだい」

女はしゃがれた野太い声を上げた。

「母さん、おら、小便に行きたい」

いきなり三男が言った。

「それなら、母さんが厠《かわや》に連れて行ってやるよ」

女はにやっと笑って言った。長男はとっさに機転を利《き》かせた。

「でも、母さん。弟が夜に厠へ行くときは、いつも兄弟で行くじゃないか」

「そうだったか……？」

女は語尾を濁《にご》した。女は長男に正体を見抜かれているのを知っているはずだった。しかし、まるで長男の出方を見るように母親のふりを続ける。

「それならば、お前たち三人の体に紐《ひも》をつけておこう」

女は、兄弟三人の体をきつく紐で縛《しば》り始めた。

「私が紐の端を引いているからね。もしも勝手なことをしたら、すぐにわかるよ」

子どもたちの腰を縛る女の手に力がこもる。紐は、なんとしても家から逃がすまいという執念深さの表われのようだった。長男は、女への反抗心をいっそう駆り立てられた。二人の弟は、訳がわからず女にされるがままになっている。

（逃げ出してやる、何としても……）

長男は腰に巻きつけられた紐を断ち切る自分を想像していた。

❖天から下りてきた三本の金の鎖

厠は家の外にある。三人が外に出ても、腰に巻かれた紐は、緩まないようにつねに加減されていた。女に隙はなかった。三男が厠で用を足して出てくると、長男は弟たちに言った。

「あの女から逃げるには今しかない」

「そんなことをしたら叱られるよ」

次男が言った。

「まだわからないのか！　あの女は母さんじゃないんだ。下の二人は、もうあの女に食われてしまったんだぞ」

「食われたって、死んだの？」

「……たぶん」

長男は声を落とした。次男はべそをかきながら、「そんなの、うそだ」と言い張る。

「赤ん坊が今夜は一度も泣いていないだろ？　なぜだかわかるか？　もう、泣けないんだ」

長男は諭《さと》すように静かに言った。

「母さんは？　母さんも死んだの？」

「……ああ」

長男の目に涙がにじんだ。

「お前もあの女に食われたいのか」

「そんな、食われるなんて……」

「だったら、黙ってついて来い。お前もわかったな」

長男は三男の顔を覗き込んだ。幼い三男はまだ事情がよく飲み込めないようだったが、兄に強く迫られて、こっくりとうなずいた。

長男は自分たちの腰に巻きつけられた紐を解くと、厠の柱にくくりつけた。

「さあ、行くぞ」

弟たちの手を引いて、長男は暗闇を走りだした。迷っている暇はない。女が自分たちの逃亡に気づくのは時間の問題だった。それまでに逃げられるところまで逃げるしかない。

しかし、すぐに背後から足音が近づいてきた。小さい弟の手を引いているので、走って逃げるには限度があった。とっさに長男は、弟たちと一緒に沼のほとりの柿の木に登り、身を隠した。

「子どもたち、どこへ行った！」

髪を振り乱した女が喚《わめ》いている。

「匂《にお》うぞ、匂う。たしかに、子どもたちの匂いがする」

女はくんくん匂いを嗅《か》ぎながら、沼のまわりを執拗に歩き回っている。兄弟は身じろぎもできないまま息を潜《ひそ》めていた。

そのときだった。雲の切れ間から半月が顔を出し、月明かりが差し込んだ。すると、静かな沼の水面に、体を寄せ合う兄弟の姿がくっきりと像を結んで映った。

「ふふふ、こんなところに隠れておったのか。とうとう見つけたぞ」

女は、笑みをこぼした。兄弟は固くした体を、さらに緊張させて寄せ合った。

ところが、女がとった行動は、長男の予想を裏切った。

女は大きなザルを持ってくると、膝《ひざ》の上まで沼に入り込み、そのザルで水をさらったのだ。水面に映る兄弟をすくい取ろうとしたのだろう。だが、水面が割れ、兄弟の姿は一瞬にして消えた。しかし、次の瞬間にはまた、兄弟は同じ位置にいる。

「なんとすばしっこいやつらだ」

いくらザルで水の中をさらっても、兄弟を捕まえることはできない。とうとう女は諦めたようだった。

だが、女はその場に屈《かが》むと、次の瞬間、耳まで裂けた口を現わし、沼につけて凄《すさ》まじい勢いですすり始めた。みるみるうちに沼の水位が下がっていく。

(なんて女だ……!)

長男は、女の執念に唖然《あぜん》とした。女は水と一緒に川海老《かわえび》や鰻《うなぎ》も丸飲みしている。

　すると、女は急に苦しみだし、沼のほとりを転げ回り始めた。丸飲みされたものが女の腹の中で跳ねまわるのだろう。その姿があまりに滑稽《こっけい》だったので、次男がくすくすと笑い声を漏らした。ハッとした長男が次男の口を押さえたが、間に合わなかった。

　女は聞き漏らしてはいなかった。柿の木を見上げると、

「そんなところに隠れていたのか」

と、にやりと笑った。女の巧妙な手にひっかかったのだ。

（しまった！）

　後悔している間はなかった。女は柿の木を登り始めていた。しかし、女は手が滑って登れない。

「お前たち、どうやって登ったんだ？」

　女が悔しそうに聞く。

「手に鼻油をつけて登ったんだ」

と、機転を利かして長男が答えた。すると女は手を自分の鼻にこすりつけ、再び木に登ろうとした。だが、余計に滑って登れない。

「嘘を教えると承知しないよ。さあ、どうやって登ったのか、言うんだ」

「尻から登ると、簡単に登れるさ」

次男が教えた。それを聞くと、女は尻から木に登ろうとした。しかし、やはり登れない。

「また嘘を言ったね。本当のことを言うんだよ。お前たち、どうやって登ったんだい？」

妙に優しい、だが地に響くような低い声だった。

「鎌を打ち込み打ち込み登ったんだよ」

（……！）

長男は慌てて三男の口をふさごうとしたが、遅かった。三男には女が本当の母親にしか見えなかったのだ。

女はすぐに鎌を取ってくると、柿の木に打ち込み打ち込み、上がってきた。

「よくも私から逃げたな」

女の口はまたもや耳まで裂け、長い髪はいつの間にか白髪に変わっていた。吊《つ》り上がった目は、暗闇の中で鈍く光を放つ蛇の眼のようだった。

兄弟は、逃げられるぎりぎりの枝まで登っていった。さらに逃げ道を求めて、より高い枝を探した。しかし、そこから先には、自分たちの体重を支えきれそうな枝は見つからなかった。頭上を見上げたとき、長男の目に満天の星が輝く夜空が飛び込んできた。

星々は、まるで合図を送るように瞬《またた》いている。長男は思わず天に向かって祈った。

「天道さま、天道さま。もし、お助けくださるなら天から金の鎖を下ろしてくださ い」

一瞬だが、空の彼方で何かがきらりと光った。すると、星をつないだような三本の金の鎖が、するすると柿の木をめがけて下りてきた。三人の兄弟は、その鎖に夢中で飛び移った。

女が柿の木の天辺《てっぺん》に辿《たど》り着いたのと、三兄弟が金の鎖に飛び移ったのは、ほとんど同時だった。女が伸ばした手は、わずかに三男の着物の裾《すそ》をかすっただけだった。女は白髪の頭をわしづかみするようにかきむしり、悔しがった。そして、

「天道さま、天道さま、もし、お助けくださるのなら、天から金の鎖を下ろしてください」

と、兄弟の真似をして祈った。ほどなく、空から一本の鎖が女のもとにも下りてき

た。その鎖は兄弟のものと違って錆《さ》びていた。だが女はそんなことにかまわずに鎖に飛び移り、兄弟のあとを追った。

長男が振り向くと、女がすぐそばに迫っていた。目の前に雲の塊《かたまり》が見えた。

（ここで捕まるか、雲の上で捕まるか……）

まさにそのときだった。女のつかんでいた錆びた鎖が、ぷっつりと切れた。

うぉおー。

女は叫び声を上げながら、天からまっ逆さまに地上に落ちた。そこは、刈り取りが終わった蕎麦《そば》の畑だった。女の体は尖《とが》った蕎麦の茎に突き刺さった。女は血まみれになって死んだ。

蕎麦の根は、死んだ女の血の色で赤く染まった。

女から逃げきった三人の兄弟は、そのあと天に昇って星になり、二度と生きて地上には戻らなかった。

■原典『日本昔ばなし』を読む――天道さんの金の鎖■

山姥《やまんば》は子どもの自立を阻《はば》む、過剰愛の暗喩《あんゆ》

子どもを食う山姥《やまんば》とは、一体何なのでしょうか。実は、これは母性が持つ否定的な面の暗喩《あんゆ》だといわれています。

母親は山姥に食い殺され、山姥は皮を被《かぶ》り、衣類を身につけて母親になりすまして帰ってきます。このように、相手を食べたり皮を被ったりする行為は、昔ばなしの世界にしばしば登場します。これらは、相手の知恵を受け継いだり、その相手と一体化することを意味します。ここでは、母親と山姥が表裏一体の存在であると読み解くことができます。

母性というと、一般に子どもを生み慈《いつく》しむ、好ましいイメージがあります。しかし、母性はときに過剰になり、子どもの自立を強力に阻みます。冒頭にある、子の世話を焼く母親が母性の肯定面の典型だとすると、子を食う山姥は、否定的イメージを強調した形だといえます。

過剰な母性愛が発揮されるとき、母親はいつまでも子離れができず、子を手元に留めておこうとします。山姥が兄弟の体を紐《ひも》で結び、逃げ出せないようにしたのは、親離れしていく子どもを手放せない母親の心情の比喩《ひゆ》になっています。

その感情がさらに高まると、「我が子を食べてしまう」ことに至ります。強すぎる母の愛情は、子どもの精神的な自由を奪います。それは、あたかも、我が子の人生を親が丸飲みするようなものだからです。

こういった両義性を持つ母性の型に注目したのが、スイスの分析心理学者・ユングです。彼は、世界中の昔ばなしに共通して登場する典型的なイメージを探り、それが人間の深層心理と結びついていることに気づきます。

そのイメージの一つである母性の原型は、心理学の用語で「グレートマザー」と呼ばれ、グリム童話『ヘンゼルとグレーテル』に出てくる母親と魔法使いのおばあさんは、その典型といえます。つまり、魔法使いのおばあさんと山姥は、主人公に対して同じ役割を担っているのです。

なぜ、世界中の昔ばなしに、グレートマザーが繰り返し登場するのでしょう。それは、子どもの成長物語の比喩になっているからだと言われています。

子どもの成長過程では、親からの自立、とりわけ緊密な関係にある母親からの自立は、大きなテーマになります。自立を前にした主人公にとって、もっとも手ごわい敵はグレートマザーです。母親の正体に気づいて家を逃げ出した兄弟を、母親＝山姥は髪を振り乱し、どこまでも追いかけていきます。まさに悪夢です。

山姥から逃れるために知恵を絞って悪戦苦闘する兄弟の姿は、精神的自立を試みる少年の試行錯誤の比喩です。自立のときには、親との精神的な葛藤《かっとう》はつきものなのです。末の弟たちは山姥に食べられてしまいますが、幼い彼らは自立に無自覚で、母親の愛情にひたっている状態にあるからです。

山姥から逃げきった兄弟は、最後には天に昇って星になります。一見、ハッピーエンドに見えますが、注意深く読むと、兄弟は二度と地上の家には帰れなかったわけですから、そうとも言えません。しかし、これは、肉体の死ではなく、幼児期の自我の「死」を意味しているといわれます。「死」の試練を通り越して、少年は大人になっていくのです。

これが、世界の昔ばなしに共通して見られる、主人公が大人になるための通過儀礼《イニシエーション》なのです。

九

糠福米福
ぬかふくこめふく

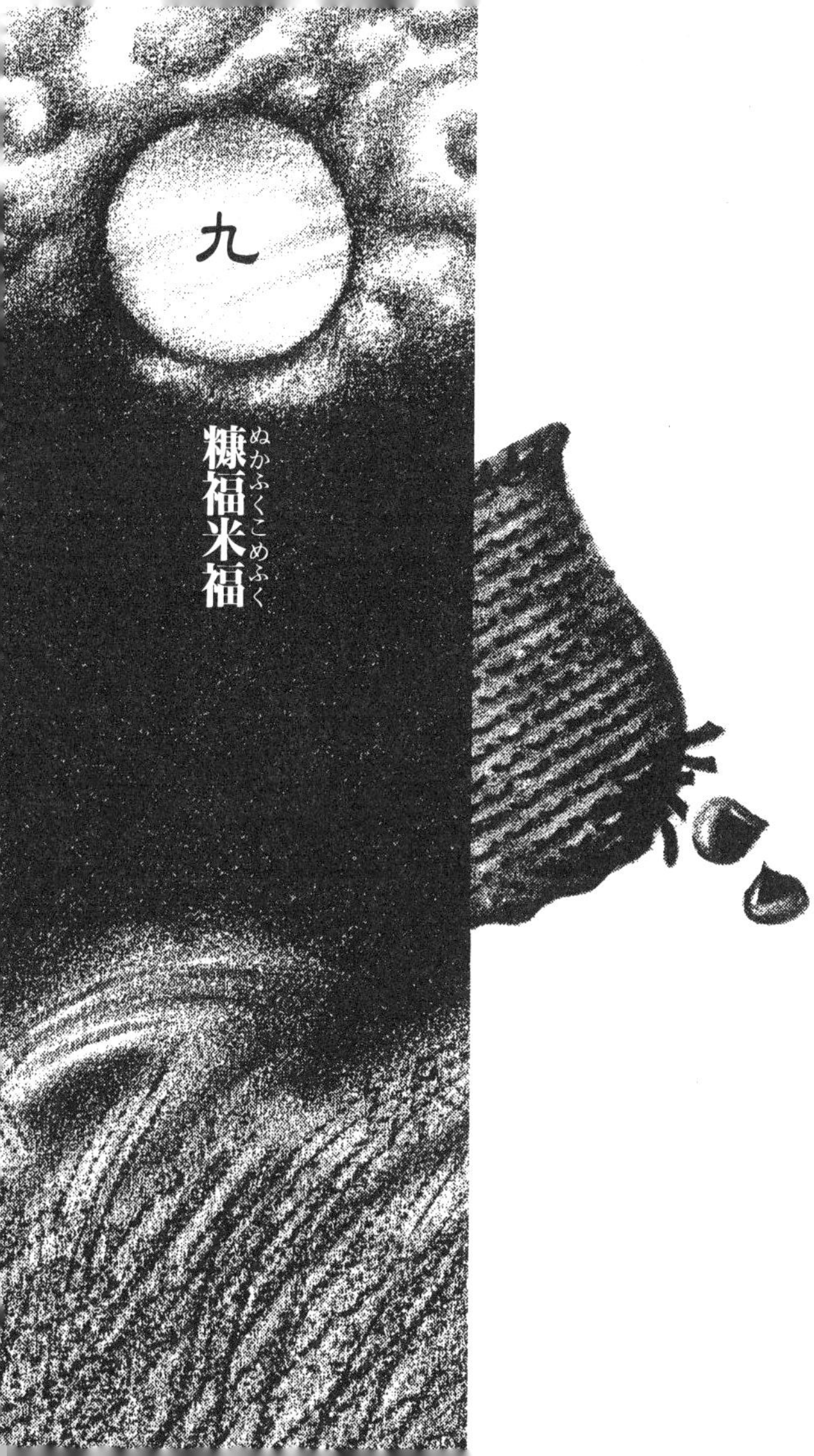

「ああ……本当に死んだ嫁はよかったよ」

どうかするとすぐに、姑《しゅうとめ》はその言葉を口にする。

「素直であたしにも優しかったしな。なにより別嬪《べっぴん》じゃった。ほれ、この子のようにな」

そばで遊んでいる四歳の幼女の黒髪を撫《な》でながら、姑はちらりと自分に視線をくれる。いや、正確に言うと、自分が抱いている子どもにだった。

そうされるたびにたまらなかった。

もうすぐ二歳になる自分の生んだ娘は、夫に——つまり姑の息子にそっくりだった。

この子の器量が劣るのは、あたしのせいじゃないよ！

大声で叫びたい思いをぐっとこらえ、娘がむずがるほどきつく抱きしめる。

若い頃は村一番の美貌だともてはやされたというのに、結局、嫁いだ先は妻に先立たれた中年男。

なんであたしが……。

ぎりぎりと奥歯をきしらせて悔やんだところで、求婚者をえりごのみした結果がこの始末。いつの間にか歳をとり、求婚者は年々その数を減らし、このままでは貰《もら》い手がなくなるとあせったときには、相当ないきおくれとなっていた。

多少顔の造作が悪かろうが、若い娘が望まれるのが世の習い。財産があるわけでもない女を欲しがる物好きは、そうそういない。いつまでも家にいてもらっては困ると、弟の嫁が奔走《ほんそう》して持ってきた縁談話を断れるほど身のほど知らずではなかった。

だから、どんなに姑に厭《いや》みを言われようと、耐えるしかなかった。自分にはもう他に行くところはないのだ。

姑はもう相当な歳だった。今年は死ぬ……、来年こそは死ぬ……と、耐えて耐えてようやく自由になれたとき、彼女は娘に望みを託した。

自分がかなえられなかった最高の結婚相手を娘に与えよう。そのためならどんなことでもするのだ、と。

姑が亡くなったとき、彼女がまずしたことは、自分の娘と先妻の娘を差別することだった。継子《ままこ》だからという意識より、姑が可愛がっていたというだけで、憎む理由には十分だった。

娘には手に入れられる限りいいものを、そして、姉娘には薄汚い古着を着せて下働きとして使い、土間の隅に寝かせた。

妹が部屋の囲炉裏端《いろりばた》でぬくぬくと人形遊びをしているときでも、姉娘は継母《ままはは》の言うまま、這《は》いずり回るようにして働いた。妹をときどきうらやましげに見ることはあったが、特別不満を言うでもなかった。

だが、姉娘には要領の悪いところがあって、桶《おけ》に穴があいていても気づかず、それで風呂桶に水を運んでなかなか水がためられなかったり、竈《かまど》のそばで食事の支度《したく》をしていて着物の裾《すそ》を燃やしてしまったりと、怒られる種にはこと欠かなかった。

しかし、一つだけ誤算があった。

子どもというものは年々顔が変わるものだというが、年頃になると、二人の顔だちはいよいよ似ていないことがはっきりしてきた。

妹の顔は父親に似て丸くのっぺりしていたが、姉はほっそりとした面長で、煤《すす》で汚れていても目鼻だちが整っているのがよくわかった。どんなにきれいな着物を身にまとっても、妹は姉と並ぶと見劣りがする。あと二、三年もすれば、どんなに汚い格好をさせようと、姉娘の美貌は評判を呼んでしまうだろう。

（そんなことは許せない……）

彼女はいよいよ決心した。

❖継母《ままはは》こそ恐ろしい山姥《やまんば》……

継母は、姉の糠福《ぬかふく》と妹の米福《こめふく》に背負い籠《かご》を渡した。

「いいかい。栗が籠いっぱいになるまで、帰ってきちゃだめだよ」

「はい、おっかさん」

糠福はめったにない妹と出かけられる機会がうれしかった。さっそく、継母に渡された籠を背負う。

「おっかさん！」

いそいそと用意をする姉を尻目に、妹は不満をあらわにして、母親の耳に囁《ささや》いた。

「あの山には山姥が出るという噂なのよ。そんなところに行けって言うの？　栗が欲しけりゃ、姉さんだけに行かせればいいじゃない」

継母はにやりと笑い、糠福が背負った籠を顎《あご》でしゃくった。

「ごらん。あの籠は底に大きな穴があいてるんだよ。いいかい、米福。あんたはあの子のあとを歩くんだ。そして、あの子の栗を拾って、日がまだ高いうちにさっさと帰っておいで」

「わかったわ、おっかさん」

米福もにやにや笑った。どこか抜けたところのある姉は、籠に穴があいていることに気づいた様子はない。

米福は背負う前に自分の籠の底にちらりと目をやった。

姉妹は山姥が出るという噂の山に分け入った。そして、姉がイガを開いて取り出して籠に入れた栗の実が、こぼれてくるのを妹が自分の籠に入れていった。

生真面目な姉がせっせと栗を拾うので、まだ明るいうちに妹の籠はいっぱいになった。母親に言われた通りに、米福はさっさと帰ることにした。姉を手伝う気などさらさらない。

「姉さん、あたしの籠はいっぱいになったから、先に帰るよ」

「そう……一緒に帰れなくてごめんね」

帰る妹の背中を見送りながら、糠福は悲しかった。籠の中を見なくてもわかった。この軽さでは、とても帰れない。一生懸命栗を拾っているのに、なぜ、まだこんなに軽いのだろう。

日が暮れるのは早い。あっという間に暗くなった。

暗くなれば、栗を拾うどころではない。でも、糠福は山を下りる気にはなれなかった。籠いっぱいに栗を拾えなかったのだ。帰ってもきっと家には入れてもらえないだろう。

糠福は途方に暮れた。どうすればいいかわからない。

そのとき、カサッと落ち葉を踏む音がした。びくりとして糠福がそちらに目をやったとき、淡い月の光の中にぼんやりと人影が浮かびあがっていることに気づいた。

糠福は子どもたちの噂を思い出した。

いつまでも帰らずに山をうろうろしていると、〝山姥〟が出る。すると子どもは二度と帰ってこられない。なぜなら、山姥の大好物は子どもだから――。

「ヒッ……」

声にならない悲鳴を喉《のど》の奥に絡《から》ませて、糠福は逃げ出した。

間違いない。追いかけてくる。

着物の裾《すそ》をさばく足音がうしろに迫ってくるのを感じながら、糠福はやみくもに走った。

山の木々の枝葉の隙間《すきま》から射し込む月の光では、あたりの様子はわずかに陰影がついているだけだ。手探りよりましという状態で、糠福は、何度も木の根に足をとられながら、それでもできる限りの速さで走ったが、邪魔な籠を背負っているぶん、相手のほうに分があった。

足音が近くなり、ハアハアという荒い息がすぐうしろに聞こえる。

そう思った瞬間、籠をぐいと引かれ、糠福は大きくのけぞった。

ビュ……ン!

耳元をかすめたそれが、鎌《かま》が振りおろされた音だと、すぐにわかった。目の前で、髪を振り乱した女が、大きく鎌を振り上げている。

(……!)

凍りついて悲鳴も出ない。

糠福は、座り込み、鎌をよけて、そのまま山姥の足を思いきり蹴飛《けと》ばした。鈍い音がした。

「ギャッ!」

女は小さく悲鳴を上げ、後ろにのけぞって倒れた。その隙に、糠福は這《は》いずるようにして逃げ出した。はじめは腰が抜けたように立つことができなかったが、ようやくしっかり立ち上がって、一度だけ後ろを振り返った。

誰もいない。あとはもう、糠福は振り返ることもなく必死で走った。

どこをどう走ったのか、やがて一軒の家の明かりが見えてきた。

こんな山奥に誰が、と考える暇もなく、糠福は戸口に駆け寄って戸を叩いた。

「助けて！　助けて！」

風雨にさらされて傷んだたてつけの悪い戸が、ガタガタと横に開いた。そこには、老婆が一人、苦虫を噛《か》みつぶしたような顔で立っていた。

「なんだい！　うるさいよ！」

糠福は老婆にすがりついた。

「助けて！　助けてください。山姥が追いかけてくるんです！」

「……山姥？」

老婆の顔がくしゃりと笑みの形で歪《ゆが》んだ。

「ここにいるわしこそが、山姥とは思わないのかい？」

思わなかった。糠福にとって山姥とは、いましがた追いかけてきた女にほかならなかった。逃げなければ間違いなく殺されていた。暗かったのでよく見えなかったが、目は血走り、獣《けもの》のような形相《ぎょうそう》で自分をにらみつけていたような気がする。

しかし、ここにいる老婆は、少し腰は曲がって厳しい顔つきをしているとはいえ、こぎれいな格好をしており、糠福よりもずっと上等な着物を身にまとっている。

「あの……」

糠福は後ろを振り返り、ぶるぶると震えた。もしもこの老婆が助けてくれなければ、きっと殺されてしまうだろう。

そんな糠福の様子に気づいたのか、老婆は一歩わきに寄り、入るように言った。外は見るからにあばら家であるのに、中は調度品が整っていた。

糠福は囲炉裏端へと老婆に促され、どうしてこんなところにいるのか、と尋ねられるままに、栗拾いに来たことから始まり、祖母が亡くなってからの継母の仕打ちなどを語った。

「そうかい……」

老婆は何度か相槌《あいづち》を打つだけで糠福の話を聞いていたが、考える顔つきでだんだんその目が細くなっていくことに、糠福は気づかなかった。

「明日も、この籠いっぱいに栗を拾えなかったら、また帰れない……」

糠福はため息をつき、背中から下ろして脇に置いていた籠を眺めやった。

「おや……」

老婆は眉をひそめて、糠福に背負い籠を見せるように言った。手にとったとたんに、底が破れていることがわかる。そして、そのことに気づいていない糠福に呆《あき》れた。

（どうやらこの娘は、あまり頭が回るほうではないらしい……）

老婆は状況から、だいたいの筋書きが読めた。この娘が言っていた〝山姥〟とは、おそらく継母のことだろう。継母は山姥のせいにして姉娘を殺そうとしたのだ。しかし、この娘はまったくそれに気づいていない。老婆は囲炉裏の小さな炎に照らされる糠福に目をやった。よく見れば、なかなか目鼻だちの整った娘だ。

（女は口が達者なのも、小利口なのも面倒なだけじゃ……）

老婆は細い目で糠福を見つめながら小さくうなずいた。糠福は働かされることにとくに不満はないようで、継母に怒られることだけを気にしているようだ。

「栗のことは心配せんでいい。わしがいいようにしてやるからな」

老婆は優しく言った。そして、うとうととしている糠福に、その場に横になって眠るようにと勧めた。

疲れていた糠福は、あっという間に眠り込んだ。

まったく無防備なことこのうえない。

老婆は思わず苦笑して、背負い籠を持って部屋の隅に行った。

❖優しさの奥に潜む狂気と殺意

朝起きると、背負い籠いっぱいに栗が入っていた。

「わあ……」

信じられない思いで、糠福はそれを見つめ、老婆に笑顔を向けた。

「やっぱりあなたは不思議な人」

老婆もにこにこと笑い、糠福に言った。

「わしは、お前が気に入ったのさ」

その抜けておるところがな、とは心の中だけの言葉だ。

「ところで、今度の隣村の祭りには、お前も行くんじゃろう?」

老婆の言葉に、糠福はうつむいた。自分の気持ちはわかっていた。

隣村は糠福の村よりももっとずっと大きな村だ。その祭りには、近隣から多くの人々が集まり、にぎやかなことこのうえない。

糠福も、祖母が生きている頃は連れていってもらっていたのだが……。

糠福は肩を落とし、一つため息をつくと顔を上げた。

「おっかさんがいいと言ったら……」

老婆はうなずいた。継子を殺そうとするほど憎んでいる継母が、うんと言うはずはなかった。老婆は考え込んで、糠福の顔をじっと見た。今朝、顔を洗わせた糠福は、思った通りの美貌だった。

これならうまくいく、と老婆は確信した。

「お前はもう、嫁入り先は決まっているのかい？」

唐突な老婆の問いかけに、糠福は口をぽかんと開けたあと、

「まさか……」

と、顔を赤くして首を振った。とても顔を上げていられなかったので、老婆が満足そうにうなずいたのを、糠福は見逃した。

「では、わしがお前によい婿《むこ》さんを与えような」

面倒を見てくれたうえに籠いっぱいの栗をくれ、結婚相手まで見つけてくれるっていうの？　この人は誰だろう。山の神様だろうか？　糠福は信じられない思いだった。

糠福は老婆の顔をまじまじと見つめた。

「あなたは誰ですか？」

糠福の言葉に、老婆は歯の抜けた口を大きく開けて笑った。

「わしか、わしは山姥じゃよ、うっふふ」

老婆は笑うようにして言った。

山奥に住んでいる親切な老婆に何度も頭を下げて、糠福は家路についた。


糠福が帰ってきた。

（くそっ……！）

殺せなかった。殺せると思ったのに……。おまけに、言いつけ通りに籠いっぱいの栗を持って……。継母は歯噛《はが》みして悔しがった。

栗は籠の底の破れ目から落ちないように、袋に入れられていた。糠福が籠の破れ目に気づいていないことはすぐにわかった。そうだとしたら、誰に助けられたのだろう。

糠福に聞くと、山姥と答えた。どうやら、山に住むどこかの老婆に助けられたらしい。村の大人はみな、山姥など山にいないことを知っている。

継母はいまいましげに舌打ちした。

近いうちになにか口実をもうけて、もう一度、糠福を山にやり、今度こそ殺してしまわなければ。そう、この挫《くじ》いた足が治ったら……。


「なに言ってるんだい！」

祭りに行きたいという姉娘を、継母は鼻で笑った。

「お前には仕事があるだろう。ふざけたことをお言いじゃないよ！」

わかっていたこととはいえ、糠福は悲しくなった。

「ちゃんといつもの仕事をして、ちゃんと風呂の用意や、飯の支度もするんだよ」

米福はこれみよがしに、着飾った姿を姉に見せびらかした。

「おっかさん。今日の芝居、楽しみだねえ」

「ああ。芝居の一座が来るのはめったにないことだからねえ」

米福はちらりと姉を見て、蔑《さげす》むような笑みを浮かべた。

誰に言われたわけでもないが、自分がとうてい姉の美しさにはかなわないことを知った米福は、薄汚ない姉の姿を見ることで、自尊心を満足させるようになっていた。

二人がいそいそと出掛けていくのを、糠福はうらやましげに見送った。

今日は村中の人間が隣村に出掛けているはずだ。糠福はのろのろと井戸のそばへ行った。桶《おけ》を井戸の中へ入れようとしてふと見ると、桶の底が抜けているではないか。

これでは水を汲《く》めない……。

トン、と糠福はその場に座り込んでしまった。おっかさんが帰ったらうんと叱られる。それでなくても、山から帰ってからいっそう怒りっぽくなったというのに。どうしてだろう。言いつけられた仕事をやろうとしているだけなのに、どうしてこんな目に遭うのだろう……。

「糠福さん……」

誰かに呼ばれた気がして振り向くと、そこには見知らぬ年増女《としま》が立っていた。

「さあさあ、祭りに行く準備をしましょうね。早くしないと、いちばんの呼び物の芝居が終わってしまいますよ」

「あの……でも……」

何がなんだかわからない糠福に、女は手にした着物を渡した。

「さあ、これを着て。家のことはちゃんとやっておきますからね。心配はいりませんよ」

女は呆然《ぼうぜん》としている糠福に言い、

「さあさ、お支度を手伝って」

と、うしろに声をかけた。うしろには若い女が二人立っていた。

あれよあれよという間に、糠福は体を拭《ふ》かれ、着替えさせられ、化粧もされた。

外に出てみると、家の前に駕籠《かご》が待っていた。見ると、立ち働く人間も増えている。

「さあさ、楽しんでいらっしゃいませ」

年増女が言って、糠福を駕籠に乗せた。

「……だけど、こんなことをしたらおっかさんに……」

はっと気づいたように、糠福は駕籠から出ようとした。

「大丈夫ですよ。わかりっこありません」

女は太鼓判を押して、言葉を継いだ。

「それに、二人よりひと足早く帰ってくればいいんですから」

糠福が決心がつかずにいるうちに、駕籠は走り出した。

❖嫁を騙《だま》して底なし沼へ

芝居を見にきた人々は、突然現れた美しい、若い女に目を奪われた。

「どこのお嬢様だい？」

「あんな別嬪《べっぴん》さんは見たことないぞ」

胸をドキドキさせながら芝居小屋へ入った糠福は、ひそひそと囁《ささや》き合う人々の声を聞いて安心した。どうやら、誰にも気づかれていないようだ。

老若男女を問わず、誰もが糠福に見とれている。賞賛の視線にちょっと居心地の悪さを覚えながら、糠福は伏目がちにあたりの様子を観察した。

そのとき、ふと誰かの強い視線を感じた。思わず振り向いたそこには、驚きのまなざしで自分を見る妹の姿があった。思わず糠福は視線を逸《そ》らしていた。

「おっかさん！」

米福は母親の袖を引いた。

「なんだい？」

母親ももちろん、この場の注目を独り占めしている女の存在に気づいていたが、その美貌を認めるのがいやさに、わざと女を見ようとはしなかった。

「ねえ、見てよ！　あそこにいるの、姉さんだよ」

「馬鹿なことを言うんじゃないよ！」

母親は言下に否定して、ようやく若い女に視線を向けた。そして、呆れたように鼻を鳴らした。

「やっぱり、似ても似つかないじゃないか。あの娘はあんなに色白じゃないよ」

だけど、それは汚れているからでしょう、と米福は言いたかったが、確信はなかった。だいたい、姉があんなにきれいな着物を持っているわけがない。そう自分を納得させて、米福は舞台に顔を戻した。

母と妹の注意が自分から逸《そ》れたことを感じて、糠福はほっとした。

しかし、やはり、落ち着いて芝居を見ることができず、中座してそのまま待っていてくれた駕籠に飛び乗り、家へと急いだ。

帰ってみると、すっかり用事は片づいていた。

残っていたのは、年増女と着替えを手伝ってくれた女たちだけだった。

糠福は、手伝ってもらって、素早くもとのぼろを身にまとった。

着物を返そうとすると、年増女は、

「それはお持ちくださいな。すぐに必要になりますから。では、また」

そう言って、二人の若い女を連れて帰っていった。

継母と妹が帰ってくる頃には、糠福は風呂焚《た》きをしていて、顔には煤《すす》がついていつものように薄汚れていた。

それを見て継母はにやりと笑った。実は、まさかと思わないでもなかったのだ。

「ほら、ごらん。あの薄汚い糠福を」

米福もようやく安心できた。姉が自分より美しいということを、誰にも知られたくなかったからだ。

そこへ、何人もの使用人を従えた立派な若者がやってきた。

彼は継母の前に進み出ていった。

「先ほど、芝居小屋でお見かけした娘さんを、ぜひ、私の嫁に迎えたいのですが」

隣村の長者の息子の顔を、継母は知っていた。年頃の息子の嫁をその母親が捜していることも知っていたが、まさか、自分の娘が見初《みそ》められるとは思ってもいなかった。

継母はうれしさのあまり顔をほてらせた。

「ええ。どうぞ、どうぞ。これがうちの自慢の娘です」

米福ははにかんだ顔で若者のほうに足を踏み出した。

しかし、長者の息子は米福には目もくれず、継母に詰め寄った。

「この娘じゃない。芝居小屋で見た、あの美しい娘です」

そのとき、継母と米福は同時に顔を見合わせた。やはり、という苦々しい思いが胸に満ちる。継母は必死の思いで、顔に愛想笑いを張りつけた。

「残念ですが、うちにはあと汚い娘がいるだけですよ」

そう言って、風呂の焚きつけをしているはずの糠福を振り返ったが、そこには誰もいない。家から誰かが出てくる気配に戸口を見ると、芝居小屋で見た美しい娘が立っていた。

「若様。間違いなくこの方ですよ」

継母が若者の相手をしている間に、年増女が糠福を家に入れて、着替えさせたのだ。

「ああ。本当にばあ様の目に狂いはないな」

若者はそう言ってうなずいた。

糠福は、ようやく、この立派な若者が自分を嫁に欲しいと言っているのだと理解して、頬《ほほ》を上気させた。

（やっぱりあのばあ様は、山神様だったんだわ……）

若者の言葉を聞き、糠福が小さく呟《つぶや》いたのを耳ざとく聞きとった継母は、姉娘につめ寄った。

「糠福、ばあ様とは誰のことだい？」

きつい声で継母に尋ねられ、糠福はおどおどと、栗拾いの山での出来事を語った。

そして、若者は糠福を連れて、使用人たちとともに帰っていった。

「おっかさん！　あたしにも姉さんのように立派な婿さんを見つけて！　ううん、もっと立派な婿さんを見つけて！」

「ああ、もちろんだよ！」

二人は、腸《はらわた》が煮えくりかえるほど、悔しくてたまらなかった。

ああ……あのとき、殺し損なったばっかりに……。

継母は悔やんだが、いまさら遅い。糠福が長者の息子の嫁にと望まれた以上、手を出すわけにはいかなかった。

「大丈夫だよ、米福。あんたには、もっと立派な嫁入り先を見つけてやるからね」

善は急げとばかりに、継母は娘の手をとって、山へと向かった。

糠福の話からすると、その老婆に頼めば、いい縁談を紹介してもらえるかもしれない。あんな薄汚れた糠福にこれほどの縁談をもたらしたことから見ても、人のよさがうかがえるではないか、と——。

老婆は、継母が臼《うす》に娘を入れて引っ張っていくのを見送っていた。その口許《くちもと》には薄ら笑いが浮かんでいる。

思った通り、糠福の継母は、自分を屋敷から追い出した嫁にそっくりだった。いくら身の回りの面倒を見る使用人をつけたとはいえ、こんな山奥に自分を追いやった嫁への恨みは消えるものではない、と老婆は思った。

老婆の嫁は、息子の嫁にと、何人もの家柄のよい娘を選んでいた。だが、老婆は孫息子がひどく面食いなのを知っていた。祭りに糠福が出かけていきさえすれば、孫が糠福を見初めることはわかっていた。

嫁は、息子が見初めた糠福をいびり倒そうとするだろうが、継母のいじめを受けてきた糠福ならば、きっと耐えられるだろう。そしていつか、嫁も自分と同じ立場に追いやられるのだ、と老婆は思った。

そして、老婆は、家に入る前に、いましがた母娘が向かった道に一瞥《いちべつ》をくれた。

「この臼に紐《ひも》を結んで娘を入れ、その紐をあんたが引っ張るんだ。この道の突きあたりまでいけば、きっと良縁に恵まれるだろうよ」

老婆はそう言って、継母の腰にきつく紐を結んでやった。継母は礼の言葉も言わず、臼を引っ張っていった。

イヤな女だ、と老婆は顔をしかめた。

「大奥様」

糠福を迎えに来た年増女がやってきた。

「万事、お言いつけ通りにいたしました」

老婆は満足げにうなずき、年増女の先に立って家の中に入った。糠福とその母娘のことはもう頭になかった。

二人が向かった道の先に底なし沼があることも、二人が二度と戻ってはこないだろうことも、老婆には関係のないことだった。

■原典『日本昔ばなし』を読む──糠福米福《ぬかふくこめふく》■

継子《まま こ》いじめと、邪魔者扱いされる老婆の復讐譚《ふく しゅう たん》

『シンデレラ』に類する継子《ままこ》いじめの話はヨーロッパが有名ですが、中国をはじめとする韓国やミャンマー、トルコなど、アジアにも多くの話が伝わっています。

もちろん、わが日本にも、シンデレラ型の話の一つとして、『糠福米福』、あるいは『米福粟福』など姉妹の名前が多少は違っているものの、東北地方から九州の各地方に、同じような継子《ままこ》話が存在します。

母親の違う姉妹が山に採りに行くのは、栗だったり、椎《しい》の実だったり、そのほか栃《とち》の実、苺《いちご》、どんぐり、蕨《わらび》だったりもするし、継子を助けるのも、山姥だったり、老婆だったり、亡くなった母親の霊が宿った動物だったりと、少しずつ異なります。

しかし、最後はやはり、継子をいじめた罰として、継母も妹もタニシ（これもいろいろな貝の種類がある）になったり、継母が実の娘を殺してしまうといった残酷さを見せています。

山姥《やまんば》は山中に住むと考えられた妖怪《ようかい》です。

多くは老女として描かれ、口が耳まで裂けて牙《きば》があり、子どもをさらって食べるとされ、恐怖の対象にされていますが、『糠福米福』の類話に出てくる山姥は、継子を助けて不思議な道具を渡す、神のような存在となっています。

さて、戦前までの貧しい農村では、家族はみな働き手でなくてはなりませんでした。男たちは外で働くことだけを考えていればよかったのですが、何世代もが一緒に暮らす家での生活を支えなければならなかった女たち、とくにいちばん若い嫁は、気の抜けない忙しい日々を送ったと思われます。嫁が家事の主導権を姑から譲られるのは、何十年も先の話なのです。

そうして何十年かのち、嫁と姑の立場が逆転したとき、歳をとって働けなくなった姑に、嫁は優しく接することができたのでしょうか？

身の置きどころのなくなった老婆の中には、嫁に邪魔者扱いされるよりはと、寂しい山中で暮らすことを選んだ者がいたかもしれません……。

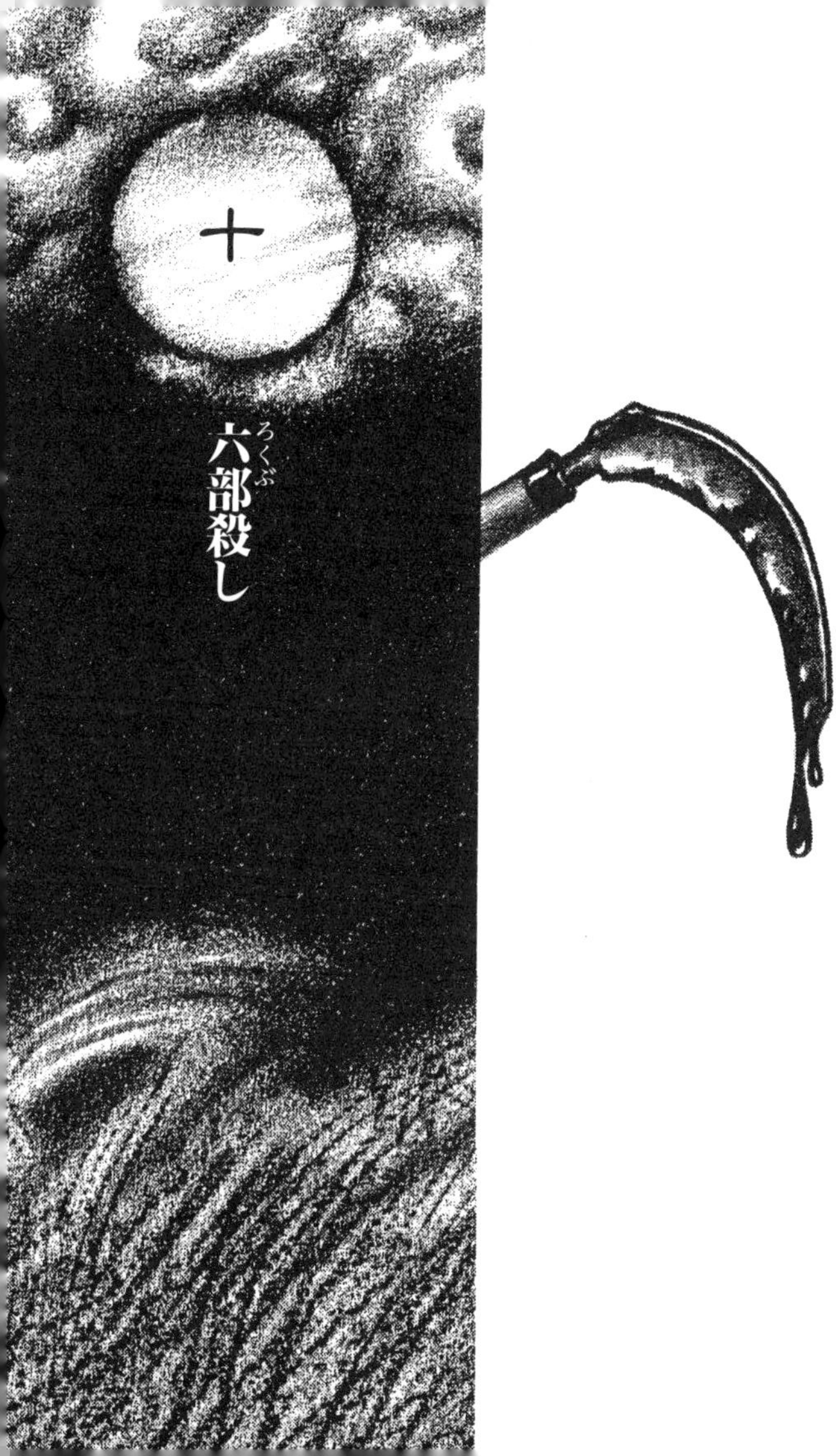

十

六部《ろくぶ》殺し

トントン、ギー、トントン……。

機《はた》小屋から規則正しい音が聞こえてくる。女房の奈津《なつ》が機を織る音だ。

奈津の織った布は町で結構な値をつける。織りの細かさは群を抜いていた。

夫の留蔵《とめぞう》は百姓だった。夫婦の住む村は小さな農村だった。しかし、村から峠をはさんだ町では、決まった日に市が立つ。

市が立つ日、留蔵は猫の額ほどの畑で穫《と》れた作物と、奈津が織った布を担いで町へ行き、売った金で炭や米を買った。

「留さん、いつもの布はあるかね」

賑《にぎ》やかな市で、留蔵は待ちかねた商人に声をかけられる。しかし、手間のかかる布は、市のたびにでき上がるものでもなかった。

「今日はこれだけだ」

留蔵が少しばかりの芋《いも》や青菜を見せると、布の商人は残念そうに立ち去った。

夫婦の暮らし向きはかつかつだった。作物を売るだけでは、その日に食べる米にもこと欠いた。それでも、奈津の布が売れたときだけは、結構な収入になった。しかし、そのほとんどが糸を買う金で消えた。

奈津は勝ち気な女だった。日頃からできるだけ良い糸を買うよう留蔵に言った。縒《よ》りの甘い、節くれだった糸では、思うような布は織れない。それに、良い糸で織った布だからこそ、良い値で売れる。金を惜しんで粗末な糸で織ると、商人はすぐに安値で買い叩くのだという。だから、留蔵は、布が売れた日、せめて許される範囲で、一番上等の糸を買って家に帰るのだった。

「ああ、疲れた。お前さん、ちょっと肩でも揉《も》んでおくれよ」

奈津が小屋から出てきた。ちょうど留蔵も畑仕事を終えて戻ったところだった。

二人は若い。しかし、まだ子どもがなかった。二人の生活を支えるのもやっとだが、子どもでもいたら、貧しいなりに少しは張り合いが出るのに、と語り合うこともしばしばだった。留蔵に肩を揉ませながら、奈津は聞いた。

「今度、町に行くのはいつかしら」

「あさってだ」

「今回はちょっと間に合わないねぇ。そうそう、この間お前さんが買ってきた糸、ありゃひどい糸だね。節だらけで織りにくいったらないよ。お前さんもいい加減、糸の見極めくらいできなきゃ困るよ。大変な思いで織ってるあたしの身にもなっとくれ」

「ああ、わかったよ」

今織っている布は大した金にならない……。ということは、その布を売っても良い糸は買えない、ということだ。

留蔵は奈津の背中でため息をついた。しばらく生活を切り詰めるしかなさそうだった。あさっての市でも、大した物は買えそうになかった。

「俺たちにもう少し金があったらなぁ」

留蔵がつぶやいた。以前、留蔵から布を買い取った商人の言葉が思い出された。

「留さん、もうちっと頑張りなされ。もうちっと金があれば、もっと良い糸が手に入る。女房どんの腕なら、もっともっと高い布が織れるはずじゃ。もったいないことよ……」

しかし、元手の無さはどうしようもなかった。突然、天から黄金でも降ってこない限り、留蔵たちの生活は変わりようがなかった。肩を預けながら留蔵の話を聞いていた奈津も、独り言のようにつぶやいた。

「そんなこと言うなら、先に糸でも渡してみろってんだ。そしたら、あたしだって立派な布を織って見せるさ。あいつら、いくら儲《もう》けてるか知らないけどね、結局、貧乏くじを引くのはいつも、あたしたち貧乏人さ。馬鹿馬鹿しい」

そして留蔵を振り返り、

「さ、夕餉《ゆうげ》の支度《したく》でもしようか」

と立ち上がった。うなずいた留蔵も、支度が整うまでの間、切れの悪くなった鎌《かま》の具合を見ておこうと土間に降りた。

薄い粥《かゆ》をすするだけの食事があっという間に終わり、奈津は片づけをし、留蔵は再び土間に降りて、錆《さび》の浮いてきた鎌を丁寧に研《と》ぎ始めた。山から吹き下ろす風が冷たい。もう冬が近づいていた。戸口をカタカタいわせながら隙間《すきま》風が通り抜けていく。

ガタガタ……、ガタガタ……。

ふと、風の音とは違う、大きな音が戸口を揺らした。誰か来たのか？　留蔵と奈津は顔を見合わせた。こんな時間に訪ねてくる者などいないはずだった。

ガタガタ……、ガタガタ……。

再び戸口が鳴った。

「お前さん……」

珍しく不安そうな表情になった奈津が、留蔵を目で促した。留蔵は戸のこちら側から呼びかけた。

「誰かね」

外から何かを訴えるような声がした。しかし、風の音で言葉が聞き取れない。留蔵は意を決して戸を開けた。

❖真夜中に走る獣のような眼差し

そこには、旅姿の一人の僧が立っていた。僧は合掌し、深々と頭を下げた。

「拙僧は旅の六部《ろくぶ》だが、すっかり日が暮れてしまった。泊めてはいただけないか」

皓々《こうこう》と照る月の光に、大きな荷を背負った僧の落とす影が、ぞっとするほど黒い。

六部といえば、方々の寺社に法華経《ほけきょう》を奉納するために全国を行脚《あんぎゃ》している僧である。人に聞いたことはあったが、留蔵も奈津も、実際に六部という僧を見たことはなかった。街道からはずれた山麓《さんろく》の小さな村で、よそ者を見かけることは稀《まれ》であった。祭りの日の芸人か、せいぜい山の民が人目を忍ぶように素通りしていくくらいだ。

しかも、もう夜である。

留蔵と奈津にとって、こんなときに訪れる者は、神か鬼か、どちらかであった。二人は目を見交わした。

（どうする？）

（どうするって、どこの誰ともわからない坊さんなんて、あたしゃイヤだよ）

（でも、坊さんたら、ありがたいもんだし）

（怪しいもんさ。それに食べさせるものだってないんだよ。どうするのさ）

（そうだよな……）

留蔵は僧に向き直って言った。

「泊めてやりてぇのはやまやまだが、うちは貧乏で食わす米もない。この先に庄屋さんのお屋敷があるから、悪いがそこに行ってくれないかね」

しかし、僧は、庄屋にも、この村の他の家にも、すべて断られたと言う。よそ者に閉鎖的な村人らしい用心深さだった。しかし、それは留蔵とて同じだ。

僧は頭を下げ、重ねて言った。

「食べる物などいらぬ。この冷たい風だけでもしのげればよい。土間ででも休ませてもらえればありがたいのだが……」

留蔵が振り向くと、奈津は目をそらした。

好きにしな……。

それが奈津の答えだ。外を渦巻《うずま》く山風は、さらに激しくなっている。僧の衣の裾《すそ》がバタバタと捲《まく》れ上がり、開けた戸口から吹き込む風は、家の中にまで土埃《つちぼこり》を上げた。

「家の中が土だらけになっちまうよ。ま、こんな家でよかったら上がってくれ」

「ありがたい。いや、本当に助かった」

留蔵の言葉に心から安堵《あんど》したように、僧は、家に入ると、見るからに重そうな荷物をおろした。何もないが……、と奈津が湯を汲《く》んで僧に渡す。うまそうに湯を飲んだ僧は人心地がついたのか、囲炉裏端《いろりばた》で話し始めた。

僧は、これから街道筋の国境を越え、その国の一の宮に詣《もう》でる予定であった。ところが、どこで道を間違えたのか、気がつくと寂しい山道が続くばかり。道を尋ねようにもキツネにすら出会わぬありさま。ずんずん進むうち、この村に着き、折しもとっぷり日が暮れた……。

「そりゃ、坊さん。峠の手前の分かれ道を間違えたんだよ。石の道標があったはずだ。ま、あの石も最近はすっかり苔《こけ》むしてるから、うっかり見過ごしちまってもしかたがないがな」

留蔵が言うと、僧はボサボサの頭を掻《か》いて面目《めんぼく》なさそうに笑った。

旅の生活が長いのだろう。僧は、初めての場所でも、それなりに打ち解ける術《すべ》を持っているようだった。

乞《こ》われもしないのに、僧は、旅に明け暮れる日々の話を、おもしろおかしく語って聞かせた。あまり気乗りのしなかった奈津も、すっかり僧の話に引き込まれ、

「あれまぁ、そんなことがあるんですかねぇ」

と腹をよじって笑い始めた。

三人が火を囲んで語り合ううち、すっかり夜が更《ふ》けた。そのとき、風でバタバタと揺れていた戸が、不安定に立てかけられていた僧の荷物を転がした。ひとまとめに組んでいた荷物が、ばらりと土間に散らばった。

「あらあら……」

奈津が立ち上がると同時に、僧も慌てて立ち上がった。

大した荷物ではなかった。しかし、拾った荷の中に、奈津はずっしりと重い皮袋をみつけた。

（おや……？）

袋を持った瞬間、奈津はその中身を悟った。

（旅の坊さんってのは行く先々で供養だ祈禱《きとう》だって荒稼ぎしてるっていうけど、本当なんだねぇ……）

そっと僧をうかがった。彼はバラバラになった荷物をまとめるのに夢中でいる。皮袋の中身は金《かね》に違いなかった。

奈津は、散った荷物を拾う素振りで、囲炉裏端にいる留蔵に向き直った。お手玉でもつくように、手のひらで小さく袋を投げ上げる。

チャリンというよりは、ジャクッという音がした。一瞬、獣《けもの》のような眼差《まなざ》しが、留蔵と奈津の間に走った。

しかし、奈津は拾った荷物と一緒に皮袋を僧に手渡した。僧はあまり頓着《とんじゃく》せず、奈津が差し出した荷物を次々に受け取った。

❖一夜妻の恐るべき殺意

まとめ終わるのを見届け、留蔵が言った。

「もう夜も更けたで、そろそろ寝るか？」

奈津がうなずく。

「そうだね。坊さんはどこに寝てもらおうか」

「拙僧はこの土間でかまわぬが」

「いえね、隣にうちの機織り小屋があるんですよ……。ねぇ、お前さん、あの小屋に筵《むしろ》でも敷いて寝てもらったらどうかね」

留蔵は奈津の言葉に企みを感じた。しかし、

「そうするか」

と答えると、土間の片隅に寄せてあった筵を拾い上げて、ぽんぽんと埃をはたき、

「小屋はこっちだ」

と僧を案内した。

ほどなく戻った留蔵に、奈津が囁《ささや》いた。

「お前さん、見たかい？」

「うん……」

「ありゃ、相当入ってるよ。あの重さはただごとじゃないね」

「……お前、何を考えてるんだ」

「何をだって？　こんな運は二度とないよ。それともお前さん、自分だけいい子になろうってのかい」

言われずとも、留蔵の心臓はドクドク脈打っていた。奈津の手に乗った皮袋を見たときから、恐ろしい考えが彼を締めつけていた。

相手は旅の僧だ。身よりの有る無しなど知ったことではない。あの金があったら上等の糸が買える。米だって余るほど買える。働いても働いても抜け出せなかった貧乏暮らしが、馬鹿らしくなるような暮らしができる……。

「殺《や》るのか？」

留蔵の言葉に奈津は沈黙した。口では威勢がいいが、胸の葛藤は奈津も同じだ。しかし一度目にした大金は、二人を地獄の底へ引きずり始めた。

「……殺るなら……寝入ってからだ」

留蔵の言葉で、奈津の覚悟が決まった。

「でも、坊さんてのは、夜通し経《きょう》を読むこともあるっていうぞ。土間に寝かせて様子を見たほうがよかったんじゃないのか」

「馬鹿だね、お前さん」

奈津が留蔵を見つめた。その目が異様な熱を帯びている。

「うちの中で殺生なんて、あたしゃごめんだよ。それにね、あの坊さんが寝たかどうか確かめる方法があるのさ」

一夜妻……、奈津の口からそんな言葉が洩《も》れた。それは、昔から旅人に対するもてなしの一つであった。宿る客人の慰《なぐさ》めに、家主の妻が一夜、枕を共にするのである。

「そんな、お前、あの坊さんと……」

「貧乏とおさらばするんだ。そのためなら一度くらい何さ」

奈津は櫛《くし》をくわえ、髪を撫《な》で始めていた。慌てた留蔵と裏腹に、奈津の言葉には肝の据《す》わった凄《すご》みがあった。

「坊さんが寝たら知らせに来るよ。お前さんは鎌《かま》でも研《と》いどいておくれ」

奈津はそう言い置くと、機小屋へ向かった。留蔵は砥石《といし》のそばに置かれたままになっていた鎌を取り上げ、一心不乱に研ぎ始めた。

長いような、短いような時間が過ぎた。風の音に混じって、足音が近づく。

「しっ……お前さん、今だよっ」

奈津が戸口に立っていた。上気した顔に乱れかかる幾筋もの髪が、温厚そうに見える僧から受けたものの激しさを物語っていた。

グッ……留蔵の息が詰まった。鎌を握る手が、武者震いとも嫉妬ともとれぬ激情でわななく。足音を忍ばせて留蔵が小屋へ向かうと、僧は筵でだらしなく寝入っていた。

（畜生ッ……！　俺の、俺の女房を……！）

カッと頭に血が上った。金のこと、奈津のこと、入り乱れる感情に煮えたぎった血が血管から張り裂けんばかりに体中を駆け巡る。

山からの風が唸《うな》りをあげて吹きつけた。

「うあぁーッ！」

留蔵は声を張り上げ、渾身《こんしん》の力を込めて鎌を振り下ろした。研ぎ上げた鎌の刃に、ギラリと青く月光がよぎる。

ゴト……。

僧の首が落ちた。噴《ふ》き上げる血潮に、留蔵がハッと我に返ると、傍《かたわ》らにいた奈津が、織りかけの布をピリリと裂いた。そして、夢中で首を包み込むと、みるみる布は真っ赤に染まった。

「お前、その布は……！」

思わず留蔵が奈津の手を押さえた。が、奈津は何かに取り憑《つ》かれたように呻《うめ》いた。

「いいのさ。どうせ、この糸は節だらけの糸なんだ。織って売っても大した金になりゃしない。それより今度、町に行ったら、お前さん、それこそ見たこともないような上等な糸を買っておいで。金はあるんだから。金は……」


その日以来、留蔵の家は豊かになった。

極上の糸で織った奈津の布は、瞬《また》く間に評判となった。果ては殿様の目にもとまり、留蔵は儲けた金を元手に、自らも糸や布の買いつけを始めた。あっという間に金持ちになった留蔵に、村人たちは目をまるくした。

「留蔵んとこは、ありゃいったいどういうわけだい」

なかには面と向かって尋ねる者もいた。すると、留蔵はすっかり板についた商人らしい笑顔で答える。

「神様のお恵みですかねぇ。私も奈津も骨身を削って働きましたから。それで、たまたま運が開けたようなもので」

留蔵の家はますます栄え、ほどなく二人の間には待望の赤ん坊まで生まれた。しかも、跡継ぎの男の子だ。留蔵は赤ん坊を抱き上げ、小躍《こおど》りして喜んだ。その横には、幸せそうに微笑む奈津の姿があった。

❖怨めしげににらみつける子どもの顔

三年が過ぎた。それなりの屋敷が建ち、留蔵はすっかり分限者《ぶげんしゃ》となっていた。

しかし、いつの頃からか、留蔵と奈津の顔から笑いが消えていた。いつまでたっても子どもの足腰が立たなかった。言葉もまるで覚えない。体だけが大きくなり、黙々と畳を這《は》いずり回る姿は、異様ですらあった。

「いつになったら、うちの子は歩くのだろう」

留蔵と奈津の心配は、日増しに深くなった。

そんな折、誰が言い出すともなく、村人の間でこんな噂が囁かれ始めた。

「留蔵は何年か前に宿を乞うてきた六部《ろくぶ》を殺して金を奪ったそうな。今はたいそうな羽振りだが、あの子の足が立たんのは、六部の祟《たた》りに違いない……」

よそ者を見慣れない村人にとって、六部が家々に宿を乞うた日のことは記憶に残っていた。留蔵以外の家が宿を貸していないのはわかっていたから、泊めた家があるとすれば留蔵の家しかない。しかし、翌日、誰も留蔵の家から六部が出ていく姿は見ていなかった。しかも、その頃を境に、留蔵の家はみるみる豊かになったのだ。

噂が耳に入っても、留蔵と奈津は知らぬ振りをしていた。しかし、広がる不安は隠せない。不安を振り切るように二人は働いた。仕事に忙殺される毎日が過ぎ、いつしか、季節は山おろしの風が吹きつける秋になっていた。

月の明るい夜だった。激しい風のせいか、空には一片の雲もない。留蔵が座敷にくると、子どもが一人でべったりと座っていた。留蔵が抱いてやろうと近づくと、子どもは留蔵を見て言った。

「おととよ、厠《かわや》に行きてぇ……」

留蔵は心臓が止まるほどびっくりした。初めて我が子が喋《しゃべ》ったのだ！

「そ、そうか。よしッ、今連れていくぞ」

パッと留蔵に満面の笑顔が浮かんだ。しかも、子どもは立ち上がり、すたすたと歩き始めるではないか。驚くやらうれしいやらで、留蔵は飛び上がらんばかりの気持ちで、厠はこっちだ、と外へ促すと、子どもは留蔵の前を歩いていく。

外に出た。ビュウビュウと吹きつける風に、月が皓々と照りわたっていた。そのとき、先を歩いていた子どもがふと足を止め、留蔵を振り返った。

「こんな晩だったな……」

その声、その顔……。

ゾッと冷水を浴びせられたように、留蔵の顔が真っ青になった。忘れもしない。留蔵を怨《うら》めしげにジッとにらみつける子どもの顔は、月の晩、吹きつける風の中で殺した、あの六部の顔そのものだった。

(や、やっぱり……六部の祟りだったのか!)

留蔵は恐怖と驚愕《きょうがく》で目を剥《む》き、気が違ったようになって子どもに跳びかかった。夢中で首を締め上げると、子どもはすぐにぐったりとした。その足で屋敷に駆け込んだ留蔵は、そこにいた奈津の髪をギュッとつかんだ。

「おいッ! あのガキは例の坊主のガキだったんじゃないのか? お前、知ってて産んだんだろう、え? このふてぶてしい女めっ」

奈津は、留蔵の剣幕に驚き、必死で抵抗した。

「知らないよ! それに、あの晩のことはアンタだって承知のことだったじゃないか」

そうはいっても女の勘だ。奈津も身籠《みご》もったときからイヤな予感はしていた。しかし、だからといって、どうすることができたというのだ。

が、奈津の抵抗はすぐに終わった。

「ぎゃあぁーッ！」

断末魔の声をあげて奈津が倒れた。留蔵が、外から持ち込んできた鎌で、とっさに奈津の首を掻《か》き落としたのだ。返り血を浴びた留蔵は、ふらふらと帯を解いた。そして、帯の端を鴨居《かもい》に投げ上げると、自ら縊《くび》れて果てた。


「……やっぱりなぁ」

突然、裕福になった者への嫉妬も相俟《あいま》って、留蔵の悲劇に、村人の反応は冷ややかだった。

しかし、留蔵の子どもの一件は、本当に六部の祟りだったのだろうか。月の晩、吹きつける風の中で、

「こんな晩だったたな」

と振り返った姿は、村人の噂と六部の祟りに怯《おび》え続けた留蔵が見た幻影ではなかったか。一家が絶えた今、真相は闇の中である。

■原典『日本昔ばなし』を読む――六部《ろくぶ》殺し■

異界からの訪問者に対する、閉鎖社会の歓待と恐怖

――ある晩、宿を乞《こ》う旅人がやって来る。貧乏で食べる物もなかったが、家の者が快く泊めてやると、翌朝、旅人が寝ていたはずの筵《むしろ》から黄金が出てきて、その家は長者となったとさ……

昔ばなしではよくある話です。

困っている人には親切にしなさい、という話にも受け取れます。もちろん、感謝した旅人がお礼に相当の金を置いていくこともあったかもしれません。しかし、実は、こうした昔ばなしの裏には、『六部殺し』の話のような事実が隠されている場合もあるのです。

昔、人々の住んでいた村は閉鎖的で、小さな共同体でした。留蔵は、自分の村と、市が立つときに行く町しか知りません。それ以外は知りようのない「異界」でした。そんな中で、六部の僧のように突然、村に迷い込んでくる者は、村人に

とって、異界からやってきた得体の知れないよそ者、つまり「異人」でした。

しかし、古来、日本には「年の神」や「田の神」のように、村の外から訪れる神の信仰がありました。村の外からやってくる者は、神の訪れと見て歓待する風習もあったのです。奈津が言う「一夜妻」も、大昔、家の主婦に巫女《みこ》の資格があった時代、訪れてきた神に奉仕することから始まった風習といわれます。

それが、いつの頃からか神の側面が薄れ、よそ者は文字通り、よそから来た素《す》性《じょう》のわからぬ、不気味な訪問者に変わっていきました。

なぜでしょう。

その背景には定住社会が崩れ、人々の移動が活発化したことがあげられます。村を訪れる商人や巡礼者の中には、巧みな弁舌で善良な村人を騙《だま》したり、大切な娘を盗んでいくような不届き者が現れ始めました。それが頻繁になれば、村も、よそ者に対して簡単には心を許さなくなります。留蔵以外の家は、皆、六部に宿を貸しませんでした。得体の知れない者を泊めることへの恐怖があるからです。

一方、これは旅人にとっても命に関わる事態でした。初めて訪れる村で宿を乞うとき、訪問者は自分が歓迎されるか否かわかりません。運が良ければ歓待されますが、運が悪ければ六部のように、所持金目当てに殺されることもあったのです。中には、村人の代わりに人身御供《ひとみごくう》にされた旅人もいるといいますから、まさに、宿を選ぶのも命がけでした。

訪問者が宿を借りて富を授ける話。それは、大昔、来訪者が神として崇《あが》められていたときの体裁を残しつつ、実際はすっかり嫌われ者になったよそ者の殺害をうまくカムフラージュする話だったのではないでしょうか。

十一

俵薬師
たわらやくし

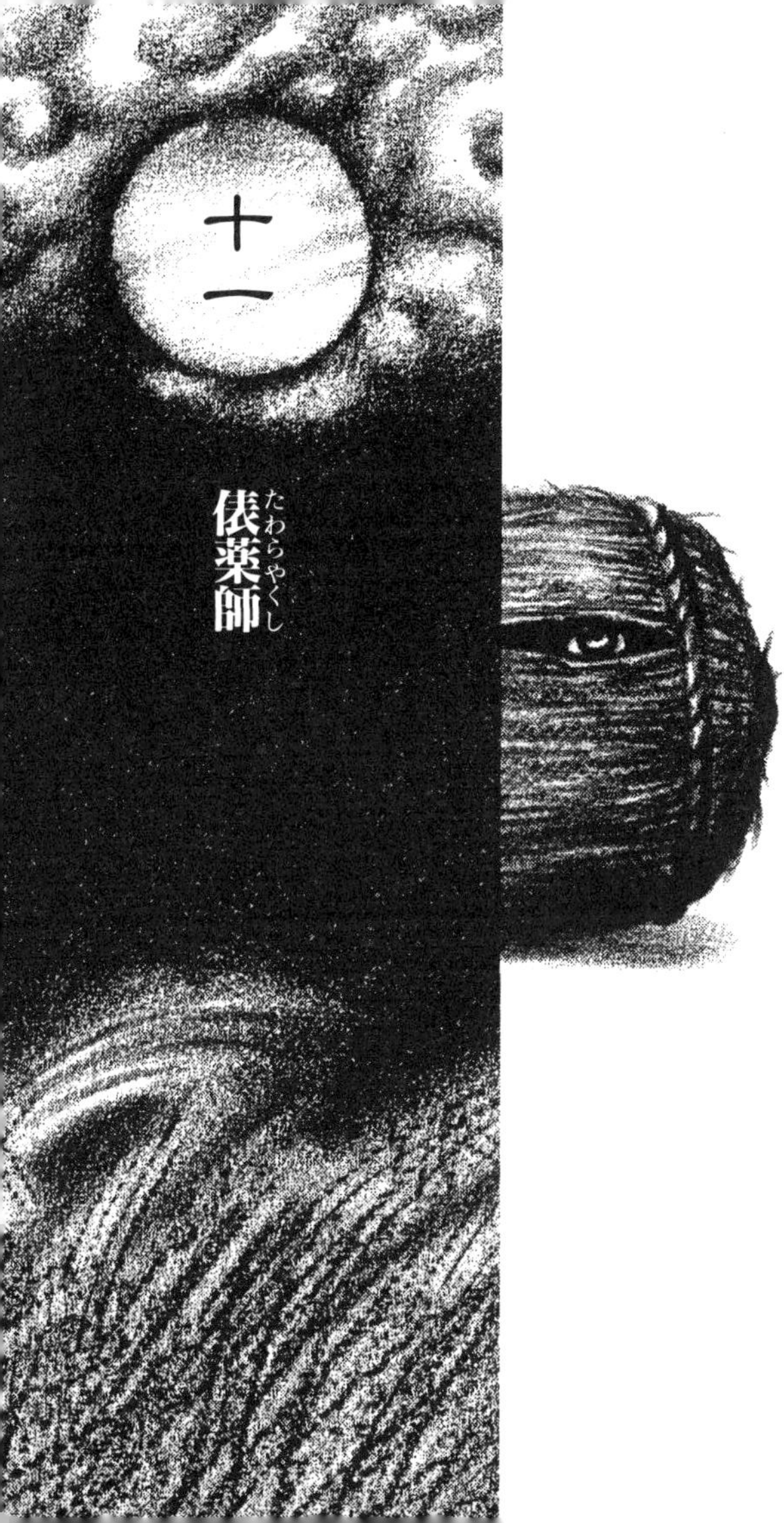

凍《い》てつくような朝だった。下男《げなん》は、薄い布団から頭ひとつ出すと、ぶるぶるっと身を震わせて再び布団にもぐり込んだ。

「おい、いい加減に起きないと、旦那《だんな》さんに叱られるぞ」

兄貴分の男衆が声をかけるのに、下男は何やらうなり声を上げ、

「ああ、痛てッ……痛てェ……」

そう、聞こえよがしに喚《わめ》いて、体をくの字によじる。

「何でェ、どうした？」

「わからねぇ。き、急に、腹が……」

と、哀れっぽい声を振り絞っては、右に、左に体を揺する。

「お、おい、大丈夫か」

人のよさそうな男衆が顔を覗《のぞ》き込もうとすると、

「いいかげんにせぇ。どうせ仮病に決まっとる！」

後ろから、乾いた声が遮《さえぎ》った。

「だ、旦那さん……」

男衆の声に、下男は布団の中で小さい目を剝《む》き、体をピッと強《こわ》ばらせた。

「たいがいにしないと、そのうち天罰が下るぞ！」

言い訳など聞く耳持たじ、とばかりに主《あるじ》は吐き捨て、身を翻《ひるが》して行ってしまった。

それを合図に、部屋に残っていた数人の男衆たちも、慌《あわ》てて表へと散っていく。

（ちっ……偉そうに）

下男は布団の中で体を丸めたまま、小さく毒づいた。

（いくら銭があるからって、この世を自分のもんだと勘違いするんじゃねぇや。そのうち天罰が下るだと？　その言葉、そのまますっかりお返ししてやろうじゃねぇか……）

そうひとりごちた下男の目は、早くも何かを思いめぐらすがごとく、くるくるとせわしない動きを始めていた。


下男の名はこん平。人は嘘つきこん平と呼ぶ。その渾名《あだな》が、いったいいつ頃から自分につけられるようになったのか、こん平は覚えていない。

こん平自身、自分のことを嘘つきだとは思っていない。人生どうせやるなら、知恵を絞って楽しんだほうがいい……そう思うからこそ、多少の機転を働かせてきたまでだと、内心、ひそかに胸を張っている。

（どう転んだところで、下男は下男、主は主じゃ。だったら、ちぃと頭を働かせて、楽しゅうやったろうと思うとるまでよ）

いったい何で、そんなに嘘ばかりつくのだと、男衆の一人に説教を食らったとき、こん平はこう言ったことがある。

（嘘、嘘と人は言うが、つまらん真実より、気の利《き》いた嘘のほうが百倍よかろうが）

その言いっぷりが堂に入っていたので、相手は感心して、それきり何も言わなくなったことを、今でも小気味よく思い出す。

この日の寒さは尋常ではなかった。朝のうちから大きな雪がぼさり、ぼさりと降り続いていた。

昼過ぎ、主人に言いつかって隣村へと使いに出たこん平は、やれ寒いの、人使いが荒いのと、不満をたれながら帰路についていた。

「こんな日に、こんな遠出を言いつけるなんて、旦那さんは人間じゃねぇ。わしら下男の一人や二人、死んだってかまわねぇとでも思うとるのか……」

かじかんだ両手を擢《す》り合わせ、白い息をはあっと吹きかけるたびに、情けなさがこみ上げてくる。不満はいつしか妄想に変わり、こん平の心に灰色の霧を蔓延《まんえん》させていた。

そのときだった。不意に、弾かれたように心の中で何かが鳴った。

（こんな機会を逃すなんて、勿体《もったい》ない）

こん平はニヤリとほくそ笑んだ。はあっ、と再び勢いよく息を両手に吹きかけると、一目散に走り出していた。

❖主人は死んだ……

「たっ、大変じゃ、大変じゃあ！」

威勢よくわめきたてながら、転がるように駆け込んでくるこん平に、居合わせた者たちは当惑して目と目を見交わした。こん平の面白おかしい身振り手振りから、誰一人視線を逸《そ》らす者はいない。

「なんじゃ、騒々しい」

勿体《もったい》ぶって渋々やって来た主もまた、その一人だった。

「旦那さん、こりゃいいところに」

すべては計算ずくであったが、そうと気取られない絶妙の間で、こん平は息をはずませて言った。

「そこの裏山に、大きな猪《いのしし》がおりましたんじゃ」

「なに、猪じゃと？」

「へい、しかもこぉんなに大きな……」

おおげさに両手を広げ、小さな目はいっぱいに見開いて、

「わしゃもう、恐ろしゅうて、恐ろしゅうて、一目散に逃げてきましたんで」

言いながら、肩を大きく上下させては額を拭《ぬぐ》った。猟が三度の飯より好きな主は、片方の眉《まゆ》を吊《つ》り上げながら、

「ほんとか、嘘じゃあるまいの」

値踏みするようにこん平の顔をのぞき見た。

「嘘なもんですか！　大きな猪がの、耳をこう、動かしながらこっちを見とるんで」

こん平の巧みな話し振りと大仰な身振りに、主の心はみるみる惹《ひ》きつけられていく。

こん平は、もうひと押しとばかりに、まわりを取り囲んだ男衆やら女衆やらを相手に、

大猪の異形を勢いよく語り続けた。

やがて、主はふむ、と肚《はら》を決めると、

「こん平、鉄砲持ってこい！」

と吐き捨てて、屋敷を飛び出した。


「まだか、こん平」

「へい、確かもうちょっと先の方で……」

真っ白い雪道にざっくく、ざっくと足を埋め込ませながら、二人は裏山に分け入った。

「もうちょっとが聞いて呆《あき》れるわ」

主の機嫌がおかしくなり始めた頃、

「あっ、あそこの松の木の根元じゃ」

こん平は立ち止まって、山道の脇に聳《そび》え立つ大木を指さした。

「どこじゃ？　何もおらんではないか」

「いや、あそこに寝とったんです。わしゃ最初、岩が転がっとるんかと思った」

「ほんまにおったんか？」

主は厳しい顔でこん平をにらみつけた。

「あれからだいぶたつからに、どこぞに逃げおったんでしょうか」

「この雪ン中、逃げたんなら足跡がついとるはずじゃ。よう見てみぃ。わしらの他に、犬の足跡すら残っとらんわ」

主はそう言うと、忌々《いまいま》しそうに舌打ちをした。

「お前の言うこと、信じたわしが愚かじゃったわ」

おかしいな、といまだにひとりごちているこん平に、じろりと一瞥《いちべつ》をくれると、

「お前は鉄砲持って先に帰れ。わしゃ出雲に用事があるから、回り道してから帰る」

と言い捨てて、主はさっさと歩きだした。こん平はニッと笑って首をすくめると、言われたとおりに鉄砲を担いで、もと来た道を戻り始めた。


「た、大変じゃ、大変じゃあ！」

屋敷へ入るや否や、大声をあげて泣きわめくこん平に、驚いた使用人たちが仕事の手を止めて集まってくる。

「いったいどうした？」

「こん平、お前、旦那さんと猟に行ったんじゃなかったんか」

口々に声をかけてくる。こん平はもどかしげにひっくひっくと啜《すす》り上げ、

「それが、旦那さんが……」

それからひと呼吸おいて、わッ……と激しく泣き出した。

これはただごとじゃないと、屋敷の奥からもわらわらと人が湧《わ》いてきて、ついには女房まで騒ぎの輪の中に割って入る。こん平は、いよいよ真っ赤な顔を震わせて、

「旦那さんが、猪に突かれて……死んでしもうた」

と言うなり、へたへたとその場に倒れ込んだ。屋敷は騒然となった。嘘に決まってるとソッポを向く者、いくら何でも死んだなどという嘘はつくまいと、こん平を擁護する者、入り交じっての侃々諤々《かんかんがくがく》が始まった。

「とにかく、男衆らで裏山へ行き、旦那さんを捜してきておくれ！」

女房の鶴のひと声で、男どもがわさわさと連れだって屋敷を出た。

「まさか、ほんとに旦那さんが……」

気弱な声をあげる女衆の一人に向かって、

「ほんまに死んでしもうたなら、葬式の準備もせにゃならん。お前、坊さんのところ

にひとっ走り行ってきておくれ」

気丈にも言ってのけると、女房は赤く潤《うる》んだ目をきっと吊り上げた。

冬の日が暮れるのは早い。行灯《あんどん》に灯《ひ》を入れようとする頃、主が屋敷に戻ってきた。

主の姿を認めるや否や、上を下への大騒ぎになった。

「なんだと？　わしが死んだと言いよったのか、あのこん平は！」

怒り心頭に発するていの主は、休む間もなくこん平を呼び出すと、

「今度という今度は、許すわけにはいかん！」

と、こめかみを引きつらせたまま、

「こいつを俵《たわら》に詰め込んで、川へ持っていって流してしまえ」

そう、二人の下男に吐き捨てたのだった。

「旦那さん、わしの話も聞いてくだせえ……」

必死に哀れっぽい声を振り絞ったが、情をかける者はひとりもいなかった。

❖俵の中で願《がん》をかければ

ざっ、ざっ、ざっ……と規則正しく雪を踏みしめて歩く音が耳鳴りのようにこだま

していた。俵の中で万事休すとなったこん平にとっては、その音だけが外界と自分とを結ぶ唯一のものであった。

　こん平を詰め込んだ俵を縄で縛り上げ、それに通した棒を担いで、二人の下男が雪の山道を延々と歩き続けていた。

「疲れたの、そろそろ休むか」

　ちょうど折良く、行く手にお堂が見える。二人は休憩をとることにした。どっかと重い俵を下ろすと、懐《ふところ》から煙草《たばこ》を取り出し、さもうまそうに喫《す》い始めた。

　俵の中のこん平は、生きるか死ぬかの瀬戸際にいた。ありったけの知恵と機転を総動員して、この場をどうして切り抜けたものかと呻吟《しんぎん》している。

（……！）

　例によって、こん平の頭の中で何かがピンと弾けた。

（南無三《むなさん》！）

　いったん胆《きも》を据えれば最後、水が上から下へと流れ落ちるが如く、こん平の行動は早かった。はあっ、と息を整えると、これ以上はないというくらいの哀れな声で泣き声を上げ始めた。

地の底から湧き出るような不気味なすすり泣きに、下男たちはふと、煙草を吸う手を止めた。

（う、う、ううう……）

「何だ？」

「こん平か。何を、今になって泣いとる」

下男が声をかけてくるのに、しめたとばかりこん平は、

「こんな目に遭うのも、身から出た錆《さび》。嘘ばっかりついてきたわしが悪いのはようわかっとる。今さら命を惜しむ気もないが、それより何より、銭《ぜに》が惜しゅうてのう……」

そう言い、なおも恨めしげに泣き声を上げた。

「何、銭とな？」

「どういうことじゃ？」

銭と聞き、目の色を変えて膝《ひざ》を乗り出してきた下男らに、こん平はしんみり言った。

「子どもンときから今まで、辛抱しどおしで働いて貯《た》めた銭を、屋敷の納屋の横に、瓶《びん》に入れて埋めてあるんじゃ。わしがこのまま死んでしもうたら、あの銭はどうにも

ならん。そう思うたら、悔しゅうて、悲しゅうて、涙が止まらんで……」

　サッと顔色を変えた二人の下男は、

「まさかこん平、嘘ではなかろうの？」

　声を潜《ひそ》めて、尋ね返した。

「何を、嘘など。わしゃもうすぐ死ぬる身じゃ。嘘をついて何の得になろう。わしが死んでからでも、あんたら、そこへ行って地面を掘ってみい」

　半信半疑で顔を見合わせた二人は、

「どう思う？」

「さあて、どうじゃろ」

　嘘かまことか見極めかねて、ひとしきり首をひねっていたが、

「ええい、気になる。いっそのこと、ここにこいつを転がしといて、これから見に行ってみねぇか」

　一人が言い出すと、もう一人も膝を打ち、身繕《みづくろ》いを始めるのだった。

　そそくさと道を引き返していく下男らを見送りながら、こん平は内心ほくそ笑んだ。

（とりあえず、邪魔者は消えた……）

さて、次なる策は……と呻吟《しんぎん》しつつ、俵の隙間《すきま》から外を窺《うかが》う。折りも折り、ひとりの魚商人がこちらに向かって歩いてくる。

(おっ、これはこれは)

しめたものだと小鼻を膨《ふく》らませ、こん平は男をじっと見つめた。足元のおぼつかなさといい、真っ赤に腫《は》らした目の感じといい、商人は目を患《わずら》っているようだった。

(ようし、それなりゃこの手でいこう!)

閃《ひらめ》きが舞い降りてきたのだろう、咄嗟《とっさ》にコホンと小さく咳払《せきばら》いをした。そして、

「俵の薬師、目の願! 俵の薬師、目の願!」

大声で唱え始めた。

魚商人は、その声を耳にするや否や、はじかれたようにお堂を顧《かえり》みた。人の姿は見えないが、ここまで大きな声ならば空耳を疑う余地もない。はて、と躊《ちゅう》躇《ちょ》しつつ、一歩、二歩とお堂に近づいていき、中にごろんと転がっている俵を見つけると、目をまん丸く見開いた。

こん平はいよいよ声を張り上げ、俵の薬師、目の願……と唱え続ける。

「あんた、もしかして、俵ん中に入っておいでか」

やった……！　とひとりごつ間もあらばこそ、

「おうとも。わしは長年、目を患っておっての。ここのお堂は目にたいそう御利益があると聞いて、はるばる遠くからやってきたんじゃ」

と、もっともらしく答えた。

「それで……。そういえば目の願と、さっきから言っておられたの」

目に御利益ありと聞いて、魚商人はたいそう興味をそそられたらしい。俵の中から答える様子をたいして不審がりもせず、お堂の中へと入り込んできた。

「しかしまた、何でそのような格好で」

のんびりと話しかけるのに、こん平もまたそれに合わせて、のんびりと、

「ここは俵の薬師、言うての。俵の中に入って願をかければ、目に御利益があるということじゃ。わしは今日で七日になるが、どれ、ちいとはようなったかどうか、あんた見てくださらんか」

そう言って魚商人を促した。どれ、と言われるままにこん平の目をのぞき込んだ魚商人は、

「あれ、どこも悪いようには見えんわ。ええ目をしておいでじゃ」

感心したように言うと、つるりと顎《あご》をひと撫《な》でした。

目の病など、生まれてこのかた患ったこともないこん平に、もとより異常のあるわけもない。

「おや、治ったかいの。それなら、すんませんがあんた、この縄をほどいてくれるか」

お安いご用と手を貸してくれる魚商人に、

「あんたももし、目がお悪いなら、代わってあげますから、この中にお入りなさるがいい」

しれっとしてこん平は言った。すると魚商人は、

「え、よろしいんですか？」

明らかに声をはずませて、うれしげにこん平の顔を覗き込む。

「目の病はの、病んだもんにしかわからんて」

逸る心を抑え、さらに、もっともらしく言葉をつなぐこん平に、おうとも、おうとも、と、商人は何度もうなずいて、自分から俵の中へと入り込んだ。

俵の上から、元通りに縄をぐるぐる巻きつけたこん平は、

「さあ、俵の薬師、目の願と唱えなされ。わしはあんたなどよりもっとひどい腐れ目での。それでも七日、拝み続けるうちに治ったんじゃ。ほんに、ありがたいことに」

言うと、魚商人のざる籠《かご》をひょいと担いで、その場を立ち去った。

魚商人は何ら不審がることなく、「俵の薬師、目の願」と唱え続けている。

❖爛《ただ》れた目、鼻、口、耳……

「まったく、こん平の嘘つきめが！」

口々に毒づきながら下男らが戻ってきた。さすがの人の良い魚商人にも、かすかに不安が走り始めた。

「よくもわしらを騙《だま》しおったな。最後の最後まで調子に乗りおって！」

「これから川のいちばん深いところに投げてやるから覚悟せい！」

下男らはそう罵《ののし》ると、魚商人が入った俵をひょいと担いで、そのまま歩き出した。

驚いた魚商人はお堂の中に置いてもらわぬと御利益が届かぬとばかりに、

「俵の薬師、目の願！　俵の薬師、目の願！」

と、声を限りに叫んだ。

「何を言うとる、こん平は」

「俵の薬師だと？　死にとうのうて、いよいよ頭にきおったか」

違いない、と渇《かわ》いた笑い声をたてる下男らの様子に、魚商人は初めて、（これは変だ）と感じた。

ざっ、ざっと雪道を行く足音の確かさから、目的地あっての行進とわかってきた魚商人の背筋に、冷たいものが走った。

「これ、これ！　どこへ連れていきなさる！」

お題目どころではないと、俵を担いだ男衆らに向かって、魚商人は声を張り上げた。

「うるさい！　四の五の言うな」

「どこへも何も、お前の行く先は冥土《めいど》じゃ！」

「冥土……？　冥土と言うたか」

聞き違いではあるまいかと、魚商人が口の中で反芻《はんすう》するうちに、ざっ、と最後の音を立てて、足音が止まった。

「それじゃこん平、今日で限りじゃ」

言うが早いか、下男らは縄に通した棒を抜くと、二人がかりで俵を担ぎ上げ、川に投げ入れた。

「な、何を……」

と言い終えもせぬうちに、体がひょいと宙に浮き、次の瞬間、身を切るような冷たい水がわっと体を包むのを、魚商人はどうすることもできなかった。

（なぜじゃ、なぜ……）

鉛《なまり》のように水底へと沈んでいく己《おのれ》の体は、もはや己のものではなかった。赤く爛《ただ》れた目に、鼻に、口に、耳に、魔物のような水が押し寄せ、自分の体であったものを絡《から》め取っていくさまを、魚商人は薄れていく意識の片隅でかすかに捉えていた。

（わしは、死ぬのか……）

頭の奥を、懐かしい気配が掠《かす》めて消えた。


雪深い山道を、こん平は歩いていた。懐かしい村に背を向けて、なるべく遠い、見知らぬ村へと、こん平は夢中で落ちた。

（あの、くそ主め！　よくもわしを、殺そうとしてくれたな！）

危機一髪で命を取り留めた喜びもつかの間、思いは主への恨みで溢《あふ》れかえっていた。

（わしの命など、あいつにとっちゃ畜生ほどの値打ちもないというわけか。なんでそんなにあいつが偉いんじゃ。銭があるのが偉いのか。田畑を持っとるんが偉いのか）

自身の嘘が招いた厄災《やくさい》だということも、曲がりなりにも子どもの頃から世話になっていたという感謝の念も、こん平の頭からはすでに消え去っていた。あるのはただ、自分を殺そうとした主への憎悪と怨恨《えんこん》だけだった。

（今に見ておれ。いつかきっと、この仇《かたき》はとってやるからな）

きりりと引き結んだ唇から、いつしかうっすらと血が滲《にじ》んでいた。今に見てろと、こん平はもう一度呟《つぶや》いた。それに応えるかのように、木枯らしがヒョウと吹いてこん平の頬《ほほ》を刺して過ぎた。

それから、五年の月日が経った。

屋敷の前を掃いていた下女は、ふとその手を止め、訝《いぶか》しげに目をしばたたいた。

「なんじゃ、どうかしたか」

使いを終えて、屋敷に戻ってきた下男が声をかけると、

「あれ、こん平じゃあるまいか」

下女はそう言って、ほれと指さした。

たちまち、誰かが聞きつけて、あとからあとから出てくる人で、屋敷の前はいつしか蟻《あり》が群れたような騒ぎとなった。

「なんじゃ、どうした」

何ごとかと奥から顔を出した主に、

「旦那さん、あすこにおりますのは、こん平じゃないですかいの」

誰かが指さして見せたところ、

「こん平じゃと？　何を愚かな。あいつはとうの昔に死んだはずじゃ」

主は大声を上げて笑い飛ばした。

そうこうするうちに、こん平は屋敷の前に立った。皆が不気味な思いで遠巻きにする。

こん平はその輪を割って屋敷に入り、主の姿を見つけるとニッコリ笑って言った。

「どうも、お久しぶりです」

「なんだ、お前、生きとったのか！」

主の素頓狂《すっとんきょう》な声に怯《ひる》みもせずに、こん平は人なつっこい笑顔を向けて言った。

「旦那さんがわしを川へ投げ入れてくれたおかげで、あれから間もなく竜宮《りゅうぐう》に行けましたんじゃ。ほんに、旦那さんには感謝しとります」

そう言って、もう一度深々と頭を下げた。「なに、竜宮とな？　なんじゃそれは」

「へい、ですから、あの竜宮ですよ。年中気候はええし、きれいな花は咲いとるし、うまいもんはあるしの。もう帰りとうなくなるくらい、そりゃ居心地のええところで」

うっとりと目を細めて語り出すこん平に、一同は、ただただ唖然《あぜん》として、声もない。

「それから、たいそうきれいなお姫さんがおっての。あんたの旦那さんを一度連れてきてあげたらそりゃあ喜ばれるで、言いますんで、こうして五年ぶりに戻ってきたっちゅうわけですわ。旦那さん、どうなさいます？　いっぺん行ってみませんかい」

少なからず心を動かされた様子の主は、ぐっと息を呑むと、

「そりゃ、行ってもええが……お前のことじゃから、また……」

信用できん話では、と口には出さず、こん平の顔をじっとのぞき込んだ。

「滅相もございません。嘘は竜宮においてきました」

こん平がそう笑い飛ばすのに、主の頬が緩《ゆる》んだ。こん平は、ここぞとばかりに、磊《らい》落《らく》な口調で押した。

「よろしければ、これから案内しますが。ただ、お姫さんが言うことにゃ、竜宮にゃ何でもあるが、ただ一つ、石臼だけがない。じゃから、今度来るときには、石臼を持ってきてほしいというんで、旦那さん、それだけ持って行ってはくださらんか」

「そりゃ石臼なら、お安いご用じゃが……」

つられて言った主の言葉に素早く手を打ち、

「それじゃ、わしがそこまで負うて行きますわ。どれ、ご一緒に」

石臼を背に、先に立って歩き始めるのだった。


いつかの山道を、こん平は歩いていた。背中に負うた石臼が肉にめり込むようだった。あと少しの辛抱と、こん平は必死で耐えた。後ろに続く主に向かって、竜宮のめくるめく暮らしをおもしろおかしく語るのも忘れない。同時に凄《すさ》まじいまでの早さと緻密《ちみつ》さでもって、あとの算段をめぐらせていた。

やがて、川っ縁《ぷち》へと着いた。こん平は背中の石臼を下ろすと、

「さ、いよいよ近づいてきましたんで、こっからは旦那さんが持ってくだせえ」

人なつっこい笑みを浮かべて、主の背中に石臼を結わえつけた。

「なに、わしが背負うんか？」

「竜宮へ行くんは旦那さんですから。なあに、ちょっとの辛抱ですって」

不承不承、言われる通りにする主に、「お姫さんによろしゅう言うてくださいな」

などと声をかけながら、こん平は主を川っ縁へと誘導した。

「なんじゃ、こん平、これからどうするんじゃ」

眼下に広がる川を見て、主はふいに心細げな声を出した。

すると、すかさずこん平はカッと両目を見開き、

「こうするんじゃっ！」

言うなり、主の体を渾身《こんしん》の力でぐいと突いたのだった。

わっ……！

と叫んでまっ逆さまに川へと落ちていく主の姿を、こん平はじっと見つめていた。

高い水飛沫《みずしぶき》が上がり、大きなうねりが人の姿を呑み込んでいくさまに、微動だにせず見入っていた。

「ふん、自業自得とはこのことじゃ」

抑揚のない声でそう呟くと、こん平は小さく息を吐いた。どんなに目を凝《こ》らしても、

水面にはすでに、人の姿はおろか、一点の滲《にじ》みすら見つけることはできなかった。

それから、七日が経った。

こん平は飄々《ひょうひょう》と屋敷に舞い戻ると、いつものように、人の良さそうな笑顔を浮かべてこう言った。

「旦那さんを竜宮に送り届けてまいりました。旦那さんにはたいそう喜んでいただいて、こんなええ所はない、残りの短い人生、わしゃここで過ごすことにする、お前にゃ礼として、屋敷も田畑もみんなくれてやる、言うてもらいましてな。よって、お言葉に甘えて、頂戴《ちょうだい》させてもらいます」

小さい目をさらに細めて微笑むこん平に、異議を唱える者はいなかった。こん平はこの隙《すき》とばかりにさっさと主の座に収まり、今まで以上に柔和な笑顔で、皆に愛想を振りまき始めた。

それからしばらくして、妙な噂が立った。嘘つきこん平の名を口にした者は、竜宮へ使いにやらされる、というのがそれだった。それを確かめた者はいない。なぜなら、竜宮から帰ってきた者は、一人としていなかったのだから――。

■原典『日本昔ばなし』を読む――俵薬師《たわらやくし》■

身分制度で抑圧された人間の知恵とカタルシス

「カエルの子はカエル」という諺《ことわざ》があります。何らかの才能や特技を持っている親の子どもが、同様に才能や適性を受け継いでいる場合、それに対する感嘆や賞賛を表す言葉として、私たちはこれを使いがちです。

しかし、本当の意味はそうではないのです。

実はこの言葉、「カエルの子は所詮カエルであって、それ以上のものにはなれない」という、出自に基づく制限を表すものなのです。

かつて、身分制度は人間にとって絶対的なものでした。庄屋の子は庄屋に、百姓の子は百姓に、使用人の子は使用人に。それ以外の選択肢といえば――いえ、選択肢などあろうはずもありません。それ以外の可能性をあえて捜すとしても、せいぜい、器量のよい少女が権力者の愛人に所望されるといった程度のことしかなかったのです。生まれながらの身分制度は絶対であったといえるのです。

そのような社会において、権力者の悪政、私利私欲を充《み》たすための横暴行為は日常茶飯事でした。力なき民衆はつねに苦しめられ、圧迫を受けながらも、ただただそれに堪《た》え忍び、暮らしの中にささやかな楽しみを見い出して憂さを晴らすしか策はありませんでした。

『俵薬師』は、そんな中で生まれた話なのです。嘘を駆使し、知恵を巧みに使いこなすことで、弱者が強者にとって代わります。考え抜かれた嘘は、まさに「悪の芸術」を思わせるものがあります。このストーリーは、そのまま民衆の願望であり、カタルシスであったといってよいでしょう。

下男《げなん》が主人を殺害してしまうという設定も、「権力者は常にわがままで横暴だ」という思いが民衆の意識下に根づいていたからこそ、広く受けいれられたのでしょう。

何しろ、当時は純然たる階級社会です。目下の者が目上の者に不満を抱いた場合、それを解決するための唯一の手段は、目上の者を抹消する、つまり、殺害という犯罪行為しかなかったという現実も、当然のことと言えるのかもしれません。

それでは、下男が犯したもう一つの殺人、魚商人殺害についてはどうでしょうか。

社会制度や民衆の意識が成熟していない社会において、真に価値あるものは「力」です。弱い者は虐《しいた》げられ、強い者だけが勝ち残る。つまり、「弱肉強食」が、今よりももっと生々しいかたちで横行していたといってよいでしょう。

何の恨みもない魚商人を殺してしまうのは残酷な行為です。しかし、この場合、誰かが俵の中に入らなければ自分が殺されてしまう――誰かを入れなければ自分が死んでいたのだとしたら、それは倫理を超えて、生命維持のための人間の本能として、致し方ないことであったのかもしれません。

権力もなく、財産もない弱者がこのような社会で生き残るための唯一の武器は、知恵であり、機転であり、時として人を陥《おとしい》れることも辞さない残酷な嘘である――そう、この昔ばなしは教えているのです。

主な参考文献は次の通りです

『日本昔話百選』稲田浩二・稲田和子（三省堂）／『日本昔話集成』関敬吾（角川書店）／『日本伝説１００選』村松定孝（秋田書店）／『定本　柳田國男集　第二十一巻』（筑摩書房）／『日本昔話事典』稲田浩二・大島建彦・川端豊彦・福田晃・三原幸久編集（弘文堂）／『日本民俗事典』大塚民俗学会編（弘文堂）／『昔話・伝説小事典』野村純一・佐藤涼子・大島広志・常光徹編（みずうみ書房）／『昔話・伝説必携』野村純一編（学燈社）／『日本の神話伝説Ⅱ』世界神話伝説体系９』藤沢衛彦編（名著普及会）／『昔話の深層』河合隼雄（福音館書店）／『昔話と日本人の心』河合隼雄（岩波書店）／『昔話の死と誕生』松居友（大和書房）／『昔話とこころの自立』松居友（宝島社）／『昔話はこころの診察室』矢吹省司（平凡社）／『新訂・子どもに聞かせる日本の民話』大川悦生（実業之日本社）／『民俗民芸双書28・「村の神々」』岩崎敏夫（岩崎美術社）／『旅の民俗と歴史・「山の道」』宮本常一編著（八坂書房）／『無邪気な大人のための残酷な愛の物語』西本鶏介（ＰＨＰ研究所）／『傷つくならばそれは愛ではない』チャック・スペザーノ（ＶＯＩＣＥ）／『日本伝説の旅（上）』武

田静澄（社会思想社）／『人魚の動物民族誌』吉岡郁夫（新書館）／『日本中世に何が起きたか』網野善彦（日本エディタースクール出版部）／『中世の生活空間』戸田芳実（有斐閣）／『中世の旅人たち』丸茂武重（六興出版）／『中世の非人と遊女』網野善彦（明石書店）／『姿としぐさの中世史』黒田日出男（平凡社）／『中世の愛と従属』保立道久（平凡社）／『ガイドブック　日本の民話』日本民話の会編（講談社）／『竹取物語』上坂信男訳注（講談社学術文庫）／『かぐや姫の光と影』梅山秀幸（人文書院）／『語られざるかぐやひめ』高橋宣勝（大修館書店）／『竹の民俗誌』沖浦和光（岩波書店）／『童話・昔話におけるダブル・バインド』十島雍蔵・十島真理（ナカニシヤ出版）／『日本古代の祭祀と女性』義江明子（吉川弘文館）／『説話の宇宙』小松和彦（人文書院）／『異人論』小松和彦（ちくま学芸文庫）／『福の神と貧乏神』小松和彦（筑摩書房）／『犯しと異人』廣川勝美（人文書院）／『日本「神話・伝説」総覧』宮田登他編（新人物往来社）／『Hanako』九九年二月一〇日号「恐い病気に早く気づく」（マガジンハウス・醜形恐怖症解説部分）

構成　㈱万有社

本書は、小社より刊行した『大人もぞっとする
原典「日本昔ばなし」』を再編集したものです。

大人《おとな》もぞっとする　原典《げんてん》『日《に》本《ほん》昔《むかし》ばなし』

著者　由良弥生（ゆら・やよい）
発行者　押鐘太陽
発行所　株式会社三笠書房
〒102-0072 東京都千代田区飯田橋3-3-1
電話　03-5226-5734（営業部）03-5226-5731（編集部）
http://www.mikasashobo.co.jp
印刷　誠宏印刷
製本　宮田製本

ISBN978-4-8379-6132-1 C0193

王様文庫

王様文庫

読むだけで心がスーッと軽くなる44の方法

諸富祥彦

人気№1心理カウンセラーが教える「上手な気持ちの整理術」。◎「幸福のキーワード」は、どんどん声に出す◎〝80％主義〟でストレスに強くなる◎「憧れの人」になりきってみる……など、気持ちをリフレッシュする「きっかけ」がたっぷり詰まっています！

いつか絶対行きたい世界遺産ベスト100

小林克己

見れば「世界の半分を見たことになる」イスファハン、岩山に掘られた「バラ色の都」ペトラ遺跡、樹齢数千年のスギが林立する「海上アルプス」屋久島……最新登録分を含む珠玉の100選！「地球の宝物」に出会う旅へ！

「しぐさ」を見れば心の9割がわかる！

渋谷昌三

言葉、視線、声、手の動き、座り方……ちょっとしたコツがわかれば、相手の心理を見抜くのはとても簡単なこと。人望のある人、仕事のできる人、いい恋をしている人はもう気づいている⁉〝深層心理〟を見抜く方法！

K30158

王様文庫

怖いくらい当たる「血液型」の本

長田時彦

A型は几帳面、O型はおおらか――その〝一般常識〟は、かならずしも正確ではありません！　でも、一見そう見えてしまう納得の理由が〝血液型〟にはあるのです。血液型の本当の特徴を知れば、相手との相性から人付き合いの方法までまるわかり！　思わずドキっとする〝人間分析〟の本。

眠れないほどおもしろい雑学の本

J・アカンバーク
野中浩一［訳］

あくびはなぜ伝染するの？　「あっ、これはどこかで見たことある」という気がするのはなぜ？　人間はなぜ眠らなければならないの？　この質問に答えられますか？　わかっているつもりが、じつは知らない。身近な「不思議」が楽しくなる雑学読本。今夜、あなたはもう眠れない……。

不思議な不思議な「心理テスト」

いとうやまね
石村紗貴子［画］

あなたの心の深さ、悩みの大きさ、今の気分……一つ答えるごとに、自分の心、気になる相手の謎がどんどん明らかにされていく!?　「不安」「結婚観」「しがらみ」「嫉妬」「夢」「信用と裏切り」「挫折」「味方」「セックス」etc.　そのほか、「えっ？　こんなことまで!?」と驚くテストが満載！

K30068

三笠書房

王様文庫

yura yayoi
由良弥生

初版

大人もぞっとする
グリム童話
ずっと隠されてきた残酷、性愛、狂気、戦慄の世界

息つく暇もないほど面白い!「大人の童話集」!
歴史的ベストセラーは、本当はこんなにも"残酷"だった!

まだ知らないあなたへ――
「メルヘン」の裏にある真実と謎

●魔女(実母?)に食い殺されそうになったグレーテルの反撃……【ヘンゼルとグレーテル】
●シンデレラが隠していた恐ろしい「正体」……【灰かぶり(シンデレラ)】
●「食べられても好き」――少女が狼に寄せるほのかな恋心……【赤ずきん】
●父との"近親相姦"を隠蔽するために……【千匹皮】
●親に捨てられた実の兄妹の"禁断の愛"の行方……【兄と妹】
……ほか全9話!

「ハッピーエンド」の裏に隠された、おぞましい、この「……」!

K10020